付喪神が言うことには
～文京本郷・つくも質店のつれづれ帖～

三沢 ケイ

JN109186

一二三文庫

この物語はフィクションです。
実在の人物、団体等とは一切関係がありません。

目次

プロローグ……004
第一話　Montblanc　マイスターシュテュック……008
第二話　VanCleef&Arpels　アルハンブラ……065
第三話　MIKIMOTO　パールネックレス……132
第四話　GLOBE TROTTER　サファリ……181
第五話　PATEK PHILIPPE　カラトラバ……221
エピローグ……259

プロローグ

『ご不要品のお引き取り致します　つくも質店』

道路沿いの塀に貼られたそんなチラシに気が付いたのは、かの有名大学——東京大学の本郷《ほんごう》キャンパスで行われる学園祭に行ってみようと、自分が通う大学（残念ながら東京大学ではなく、中堅の私立女子大）の友達に誘われて件《くだん》の学園祭に向かっている途中だった。

経年劣化からか少し削れた高い塀が続くレトロな雰囲気の坂道の途中、その店はひっそりと佇んでいた。見た目は純和風の古民家っぽい雰囲気で、通りから店の中までは窺えない。引き戸式のドアが数メートル入ったところにあるのが見えるだけだ。

（中古品の買い取り屋さんかな？）

よく広告で見かける『あなたの不用品を高額買い取りします！』という大手全国チェーンの中古品販売業者が頭に浮かぶ。

立ち止まった足下に、ふわりとした感触がして下を向く。ふわふわの白い猫——この子のことは勝手にシロと呼んでいる——が体を擦り寄せていた。

「シロ、このお店、中古品を買い取ってくれるんだって」

「ニャー」

シロはまるで言葉がわかるかのように、返事をする。

中古品か。何かあったかな？　と、自分の持ち物を思い返してみる。値打ちものの壺なんてもちろん持っていない。

高校の制服……はさすがにまずいだろう。

うーんと悩んでいると、「ニャー」とまた鳴き声がした。足下では、シロがもう行こうと言いたげに片手を上げて私の足を叩いていた。時計を見ると、もう待ち合わせの時間まで五分しかない。

「あっ、早くしないと遅れちゃうっ」

「ニャ」

それ見たことかとシロが先に歩き出す。私もチラシから目を逸らすと、慌ててその後を追いかけた。


早足に進みながら、道路沿いの建築物を見上げる。

通りの片側にはどこまでも高い塀が続いていた。少し削れた高い壁は下の部分が石積みで、上の部分は茶色のレンガ積み。

歴史を感じさせるこの通りは、森鴎外《もりおうがい》の『雁《がん》』でも出てきた無縁坂《むえんざか》だ。とうとう最後まで交差することがなかった、医学生岡田《おかだ》青年への、とある高利貸しの男の妾《めかけ》が抱いた恋情。

今から一〇〇年以上も前を舞台にしたお話だけれど、ここにいるとまるでその時代にタイムスリップしたような感覚を覚える。今に、下駄を履いた着物姿の青年が下りてくるんじゃないかと……。

——カラン、コロン。

軽快な音に、ふと坂の上に視線を向けた。視線の先には、この季節には珍しく雲ひとつない蒼穹が広がっている。

「え？」

そこに現れた人物に目を奪われた。

足下は温泉旅館に置いてありそうな下駄、衣装は紺色の着物、高い鼻梁《びりょう》とまっすぐに前を見つめる切れ長の瞳はきりりとした印象。

（まさか、本当にタイムスリップしちゃったの⁉）

思わず、そんなことを思ってしまうほど、その人はこの坂に馴染んでいた。

落ち着いた様子でゆっくりと坂を下りてくる。

見惚れていると、こちらに気付いたその人は私の足下にいる見えるはずもないシロを見やり、柔らかく目を細めた。

「大事にしてもらってんなぁ」

小さな呟きが聞こえると、シロがそれに応えるように「ニャー」と鳴いた。

バサリと音がして見上げると、緑色のインコのような鳥が頭上を舞い、その男性の肩に乗る。

さぁっと五月特有の暖かくて柔らかな風が吹き、髪の毛を揺らす。

――カラン、コロン。

私は片手で髪を押さえ、後ろを振り返る。

ピンと伸びた和装の後ろ姿と肩に乗ったインコのアンバランスさが、鮮やかに目に焼き付いた。

第一話 Montblanc マイスターシュテュック

七月下旬となるこの日、私は一人、無縁坂を上っていた。

気象庁が関東地方の梅雨明けを宣言したのはつい二週間前のこと。この時期特有の抜けるような青空が広がり、気温はぐんぐんと上がっていた。坂道を歩いているだけで、じっとりとした汗が噴き出してくる。

目的の場所が見えると、急に足が重くなるのを感じた。

足下を歩いていたシロが「ニャー」と私に呼びかけるように鳴く。

私はぎゅっと目を閉じると、その鳴き声が聞こえないふりをした。

通りに面した数寄屋《すきや》門は最初から開かれていたのでそこをくぐり、玉砂利の中に配置された飛び石を踏んで奥へと進む。引き戸式の玄関の斜め前には少し苔むした石灯篭がある。少しだけ見える敷地の奥では、放し飼いにされた柴犬の子犬が遊んでいた。

「ごめんください」

ガラリと引き戸を開けて呼びかける。

すぐに目に入ったのは茶色い木製のカウンターで、その奥ではTシャツ姿の若い男の人が一人、本を読んでいた。

「はい。どうしましたか？」

本を閉じた男の人が顔を上げる。若い女性の来客が珍しかったのか、眼鏡の奥の瞳が訝しげなものへと変わった。

私はその人の顔を見て、ハッとした。以前ここを通りかかったときに見かけた人に似ていたのだ。

高い鼻梁と眼鏡の奥の切れ長の瞳。やや茶色がかった髪はさらりとしており、前髪が眉にかかっている。キリッとした雰囲気だけれど、表情が穏やかなので不思議と優しげに見える。

髪形が少し違うし、眼鏡をかけていて服装も普通の洋服だからだいぶ雰囲気は違うけれど、多分同じ人。それに、傍らにはあのときのインコがいた。

「あの……これ……」

私はおずおずと鞄から黒い箱を取り出すと、それをカウンターに置いた。

益々訝しげな表情を浮かべた男の人が、それを開ける。中には一本の黒光りした万年筆が入っていた。キャップの縁の部分は金色で、キャップの頂点の辺りには白い星のようなマークが入っている。

「質入れ希望？」

「……はい」

足下をシロが片手で叩きながら、「ニャー、ニャー」と忙しなく鳴く。私は足を少しずらし、シロの猫パンチから逃げた。

「あんた、学生？　成人はしてないよな？」

「え？」

「質入れするときは身分証明書が必要。盗難品の可能性もあるし」

「盗難品じゃありませんっ！」

咄嗟に大きな声が出てしまい、慌てて両手で口を覆う。

盗難品なんかじゃ、ない。だって、これは――。

男の人はこちらを一瞥してから私の足下を確認するようにちらりと見た。

「身分証明書は持っている？」

「はい」

財布に入れていた大学の学生証を取り出し、カウンターの上に置く。彼はそれを片手で引き寄せ、指に挟むと眺めた。

「大学生？」

「はい」

「成人している？」

「まだです。今十九歳……」

「まじか……」

男の人は眉を寄せ、小さく息を吐いた。

その様子を見て、急に不安になる。未成年は取り引きできないのだろうか。

つい先日バイト情報サイトで目にした、【初心者・学生歓迎！　短期可。フロアレディ　時給4000円】とか【話すだけの簡単なお仕事です。ガールズバー　時給3000円】という文字がチラチラと脳裏を過《よぎ》った。

「モンブランのマイスターシュテュック146、ゴールドコーティング」

「え？」

「この万年筆のことね」

男の人はそう言いながら、私が持ってきた万年筆をじっくりと眺める。そして、ちらりと視線を私の足下に移動させ、すぐに万年筆へと視線を戻した。

私は何かあるのかと思って自分の足下を見る。去年の夏に買った白いサンダルが目に入ったけれど、何もなかった。シロは……見えるわけないし。

「どうすっかな」

男の人は万年筆を眺めながら片手を顎に当てると、トントントンと人差し指の先でカウンターテーブルを叩く。

足下ではシロが「ニャー、ニャー」と忙しなく鳴いているけれど、私は何事もないかのように澄まし顔を装った。

「あんた、質屋の仕組みは知っている？」

「はい。物を売るんですよね？」

「違うよ。預けるんだよ」

「預ける？」

私は眉を寄せ、男の人を見返した。

男の人は私が持ってきた万年筆を元々入っていた箱に戻すと、カウンターのペン立てに入っていたボールペンを手に取り、紙に何かを書き始めた。

「質入れっていうのは、預けた物を担保に金を借りることだ。借りた金を返せば、預けていた品物は手元に戻ってくる」

「返ってくるんですか？」

私は驚いて、思わず聞き返した。てっきり、質屋イコール中古品を買い取る場所なのだと思っていたのだ。

「そう。ただ、質入れした物をこちらが保管しているのは三ヶ月間。これを流質期限っていう」

「三ヶ月……」

「この期限を過ぎると質入れした商品――質草《しちぐさ》っていうんだけど、その所有権は預けた人から金を貸した質屋に移る。俗にいう質流れってやつだ。質流れした商品は売りに出される」

男の人は手元の紙に矢印を書き、今のところに★印を、三ヶ月後にも印を入れた。

「ただ、売らずに保管しておいてもらうこともできる」

「売らずに保管？」

「ああ。利上げって言って、預けた質草の質料――利息を支払うんだ」

「利息……」

「そう。利息を払いさえすれば、保管期間は一ヶ月単位で伸ばされる。以後は同じ」

男の人は矢印のさらに一ヶ月後のところにも印を書き込んだ。

「一ヶ月……」

さっきから、オウムのように言われた言葉を返すばかりだ。

質屋という業種について、私は全くわかっていなかった。ただ単に中古品を売ってお金をもらう場所だと思っていたから。

けれど、返金さえすれば質入れした商品を返してもらえるというのは魅力的だった。

なぜなら、あの万年筆は――。

「あとは、買い取りもできる。その場合は、すぐに売りに出されるから、やっぱり返してくれと言われても、どうしようもない」

考え込んでいると、男の人がそう付け加えた。

「質入れでお願いします！」

私は即座にそう言った。男の人は、箱に戻した万年筆をもう一度手に取ると、それをじっくりと眺めるように目を細める。

「………………」

黙り込む男の人に話しかけるように、足下でシロが「ニャー」と鳴いた。

「とは言ってもなぁ。でもなぁ……」

先ほどから何に悩んでいるのか、一人でぶつぶつ言いながら考え込んでいたその人はようやく顔を上げる。

「あー、くそっ。仕方ないな。よし。これは俺が預かろう。その代わり、俺が五万貸してやる」

「五万円⁉」

私は驚いて声を上げた。

そんな高額になるなんて思っていなかったのだ。

確かに高級な万年筆だとは聞いていたけれど、元々いくらなのかは知らなかった。

だから、この質入れ価格が高いのかどうかもわからないけれど、五万円は私にとって大金だ。

目を丸くする私の前に、ノートが差し出される。

「ここに、名前書いて」

「あ、はい」

どうやら取り引きしてもらえるようだとわかり、ホッとした。

万年筆を手渡されたので、凡そ半年ぶりにそれを手に握った。金色のペン先が紙の上を滑らかに滑る。自分の名前――遠野梨花《とおのりか》と記入する。やっぱり、この万年筆はとても書きごこちがいい。

「遠野梨花さんね」

カウンターの男の人は、自分の後ろポケットから財布を取り出すと、中から一万円札を二枚取り出し、「あ、足りね」と言った。あまり几帳面な性格ではないのか、紙幣に混じってレシートが財布から飛び出ている。

「え？」

私は拍子抜けしてその人を見つめた。

お金って自分の財布から出すの？

てっきりレジから出すものだと思っていたのに、予想外。ポイントカードとレシートまみれのこの財布が業務用とも思えないし。

「ちょっと待ってて」

暫くすると、男の人は片手に五枚の紙幣を持って奥から現れた。

「はい、これ」

目の前に、紙幣が乗ったトレイが差し出される。

「ありがとうございます」

「ああ。じゃあな」

「ええ？」

私は呆気にとられて、男の人を見返した。

お金を借りるのだから、もっとたくさんやることが――例えば、決まった書面に住所を書くとか、学生証をコピーされるとか――そんなことを想像していたのに、これでおしまい？ あまりに簡単すぎて、逆に驚いてしまった。

「……もうおしまい？」

「そうだけど？」

「もっと、何か書いたりしなくていいんですか？」

「書きたいわけ？」

「……いえ」

小さく首を振って、トレイに置かれたままの紙幣を受け取る。

これはあの万年筆と引き換えに得たお金なのだと思うと、ずっしりと重く感じる。

シロは相変わらず、「ニャー、ニャー」としきりに何かを訴えかけるように鳴いていた。

「そうだな……。俺、飯田真斗《いいだまなと》」

「は？」

「だから、俺の名前。飯田真斗。金を貸してくれた人の名前くらい憶えておけ」

呆れたようにそう言い放つと、男の人、もとい、飯田真斗さんはすらすらと自分の名前をメモに書き、私に手渡す。そして、仕事は終えたとばかりに片手を腰にやる。

背後に見える座卓の上には箱が積み重なって置いてあるのが見えた。あれも質入れされた品物なのだろうか。以前も見た緑色のインコは、いつの間にかそこで気持ちよさそうに昼寝していた。

「あの、ありがとうございました……」

引き戸の前で振り返ると、カウンターの下に座り込んだシロがこちらを見上げて「ニャー」と鳴く。目が合ったのに、シロは付いて来てはくれなかった。

飯田さんは小さく嘆息すると、カウンターから出てきた。

「あんた、もっと自分の大事なものをちゃんと見たほうがいいよ。一度手放したら、普通はもう戻ってこない」

じっとこちらを見つめるその瞳に、何もかも見透かされている気がした。

いたたまれない気持ちになった私は、逃げるようにその場を後にする。

門を潜り抜けたとき、シロが「ニャー」と鳴く声がまた聞こえたような気がした。

◇　◇　◇

なんでこんなことになっちゃったんだろう……。

自分のバカさ加減に呆れてしまう。運命的な出会いだと思った彼との恋は、ものの半年で呆気なく終わった。まさに、金の切れ目が縁の切れ目の状態で。

「これはさぁ、人生における高い授業料だったと思うしかないんじゃない？」

「うう……」

「私はね、梨花があんなクズ男と別れてくれてよかったと思っているわけよ。あの男、近年まれに見るクズ具合」

「………」

「大体さぁ、普通、年下の、しかも大学生の彼女にデート代全部持たせたりする？　むしろ、お前が全額払うぐらいの気概を見せろよって感じじゃん？　夢に向かって……ってくだりも聞こえはいいけど、要は夢見るだけで現実が見えてないわけよ。アーティストなんて、働きながら目指す人だってたくさんいるのにさ。バイトする時間もないなんてあり得ない。そのくせ、ライブには行きまくりなんでしょ？　いい歳して信じらんない。まあつまり、クズだね、クズ」


金曜日の午後四時半。

夕方には混雑するファミレスも、この時間はまだ人もまばらだ。

ドリンクバーのコーラを片手に結構辛辣なことをズバズバと言ってくるのは、同じ大学に通う親友の亜美《あみ》ちゃんだ。この席に座って早三〇分。この僅かな時間に何回この『クズ』という単語を聞いたかわからない。

亜美ちゃんは毛先に緩くウェーブのかかった焦げ茶色の髪を人差し指でくるくると巻くと、ふうっと息を吐いた。

元彼の健也《けんや》から『別れよう』とスマホにメッセージが来たのは昨日のこと。

そもそも、こまめに連絡する私に対して、健也が返事をくれるのも三日に一度がいいところ。久しぶりに来た連絡で某テーマパークでのデートに誘われたので『今金欠だから、デート代少し持ってもらってもいい？』と送ったところ、手のひらを返したように返ってきたのはこんな台詞。

『やっぱりいい』

『男に金を無心するような女だと思わなかった』

『ありえねー。幻滅した』

いやいやいやいやいや！　ちょっと待ってくれ！　と声を大にして叫びたい。

私、今まであなたに奢ってもらったことなんてほとんどないよね？

奢ってもらったとしても、せいぜいコンビニで売っているペットボトルのお茶くらいだよね？

お金を無心したことなんて一度もないよね⁉

なんだか、恋をして靄《もや》がかかっていた視界がスーッとクリアになるのを感じた。なんで私、こんな人のことを好きになっていたんだろうって。

まさに恋は盲目。

恋情は人を愚かにする。

完全に他人事だと思っていたのに、まさかこんなことが我が身に起こるとは！

で、話は戻るがそのメッセージのやり取りを経て私は振られたわけである。

しかも、なぜか私が全面的に悪いかのように。

「とにかく、よかったと思うよ？　だって、付き合っている最中に『あの男はやめておけ』なんて言っても、逆効果じゃん？　なんだっけ、えっと……ロミオとジュリエット効果！」

亜美ちゃんはポンと手を叩いてそう言った。

なんですか、そのどっかで聞いたことがある戯曲のパクリみたいな効果は。

胡乱に眺める私に対し、亜美ちゃんはそのロミオとジュリエット効果なるものの説明をする。要は、周りから反対されるなどの障害が高ければ高いほど、人は意地になって余計にその恋を成就させようと固執するものだということらしい。

ああ、もう返す言葉がございません。

「いいところもあったんだよ？　優しかったし」

「本当に優しい人は、彼女からの連絡を何日も放置したりしないし、学生の彼女に全額デート代を持たせたりしません！　梨花、それ、モラハラ男に引っかかる人の洗脳状態と同じだから。DVを受けている人って、大抵は『彼は本当は優しいんです』って言うんだって。ほんっと、理解不能」

亜美ちゃんはぴしゃりとそう言い切る。

「で、いくら貢いだの？」

「貢いでないよ」

「でも、デート代は全部梨花持ちだったんでしょ？　あー、マジであり得ないよ。私だったら一時間で別れる。いや、もしかしたら一〇分かもしれない。最初の店に入って会計が終わった時点で『ちょっとお手洗いにー』って言って、そのままサヨナラするね。連絡先全ブロックして」

心底嫌そうな顔をした亜美ちゃんが、顔の前で片手を振る。

そのデート相手はお手洗いの前で戻ってこないデート相手をいつまでも待ち続けるのかな。亜美ちゃんなら本当に公衆便所の窓から逃走とかをやりかねない気がするから、ちょっと笑えない。

「デートっていっても二週に一回くらいしか会ってなかったよね？　ってことは、一回五〇〇〇円として月二回が六ヶ月で……六万円か。うーん、痛いけどこれからの人生で同じ失敗を繰り返さないための勉強代だと思えば高くない！　全部バイト代でしょ？　まさか借金したりしてないよね？」

「……うん」

「なら、よろしい！」

本当は誕生日に二万円もするパスケースをプレゼントしたけど、それは言わなくていいかな。それに、彼のバンドの売れないチケットを大量買い取りしていたので、かなりの額つぎ込んだ。

ちなみに私の誕生日は付き合っている期間中に被らなかったので、何ももらっていない。

亜美ちゃんはホッとしたように息を吐くと、にこりと笑った。

「ねえ、梨花。今日は私が奢るからパーッと食べて元気出そう！　このパフェとか美味しそうだよ」

テーブルの端に置いてあったメニューを取り出すと、亜美ちゃんは季節のフルーツパフェを指さした。私を元気付けようと気を使ってくれていることを、痛いほど感じる。

「うん、ありがと……」

「さらば、クズ男！　二度とうちらの目の前に現れんな！」

一人だったら、きっと部屋でめそめそと泣いていた。けれど、亜美ちゃんがいてくれたおかげで、私の大学生活最初の恋はしみったれた雰囲気もなく幕を閉じることができた。

けれど、私はこのとき、とうとう言い出すことができなかった。

そのクズ男とのデート代を捻出するために、小学生の頃から大切にしていた万年筆を質入れしてしまったということを……。

◇ ◇ ◇

亜美ちゃんとファミレスでやけ食いした翌日、私はとある場所へと向かっていた。

地下鉄千代田線の湯島《ゆしま》駅を降りて地上に出ると、すぐに見えるのは二本の広い道路――不忍《しのばず》通りと春日《かすが》通りが交差する天神下《てんじんした》交差点。『天神下』というのは、すぐ近くに学業成就で有名な湯島天神があるからだろう。

その交差点の信号が変わったのを合図に道路を渡って一本道を入ると、すぐに見えてくるのは旧岩崎《いわさき》邸庭園だ。

庭園の入口には観光客らしき数人が立っているのが見えた。

敷地内には十七世紀のジャコビアン様式を基調とした重要文化財のお屋敷があるらしいけれど、私は行ったことがない。その旧岩崎邸庭園を左手に見ながら、角を曲がる。すると、二ヶ月前に訪れた風情のある坂が目に入った。

坂道を上る足取りが重いのは、たぶん自分のせい。

二ヶ月前の自分のバカさ加減には本当に呆れてしまう。亜美ちゃんが言うところの『類まれなるクズ男』にデート代を貢いで大事な万年筆を質入れしてしまうなんて……。

あ、貢いだって今自分で認めちゃった。

もういいや、色々といいや。

とにかく、あの万年筆さえ手元に戻ってくればそれだけでいい。

そんなややややさぐれた気持ちでその坂道をもくもくと上った。

九月末にもなったのに、今日は気温が上がって太陽が射すように痛い。歩いていると汗が額から滴り落ち、目に沁みた。これは汗、泣いているわけじゃない。

辿り着いた先、坂道の途中にあるのは純和風の見覚えのある門構え。

門の横には『ご不要品のお引き取り致します　つくも質店』と手書きで書かれたチラシが貼られている。

私はぐっと手を握り、飛び石を渡ると引き戸に手をかけた。

「ごめんください！」

ガラッと音を立てて戸を引く。

「いらっしゃい」

鼓膜を揺らしたのは、落ち着いた低い声。クーラーのひんやりとした空気が火照った体を包み込んだ。

そこにいたのは年配の男性だった。髪は半分近くが白髪になっており、目じりには年齢を感じさせる笑い皺が寄っている。

五〇歳過ぎだろうか。先日対応してくれた若い男性とは明らかに違う人だ。

私と目が合った年配の男性は、カウンター越しにこちらに向かってにこりと笑いかけてきた。

私はさっと店内を見渡す。陳列棚に並べられているのは私も知るような高級ブランド品の鞄の数々、銀色の棘みたいなものが生えた個性的なパンプス、カラフルなスカーフに時計……。

（シロ、いないな……）

店内をぐるりと見まわして、そんなことを思う。私が手放したくせに、もうどこかへ行ってしまったのだろうかと心配になる。

「どうしましたか？」

「あの……、預けていた品物の取り置き期限を延ばしてもらいたいんです」

「ああ。利息を払いに来たのかな？」

男性は笑顔で頷くと、「質札を見せてください」と言った。

「え？　質札？」

「質入れの際の控え書ですよ」

質入れに控え書なんて貰っていない。

戸惑う私を見て、中年の男性は怪訝な表情をした。

「預けた際に、こんな紙を受け取らなかったかな？」

中年の男性はカウンターの引き出しから複写式の紙の束を取り出す。サンプルを見せてもらうと、氏名や住所、質入れ日や借入金などを事細かに記載する欄があった。

「書いていないです」

「書いていない？」

困惑気味に中年の男性は私を見る。私は信じられない思いで男性を見返した。

（騙されたのかも……）

脳裏を過《よぎ》ったのは、いやな想像。

そもそも、お金を貸してくれるのに何も控えがないなんておかしいと思ったのだ。

もしかしたら、あの万年筆には物凄い価値──一〇万円くらいはしたのかもしれない。それを五万円で騙し取れるなら、儲けものだ。

サーっと血の気が引くのを感じた。

あのイケメン、澄ました優しい顔をしていながら、とんだ悪党だ。質入れと見せかけて僅かばかりのお金を渡し、商品までちゃっかりと手に入れるなんて。

親切そうな態度を見せておきながら、心の中でバカな奴だと笑っていたのかな。

鼻の奥がツーンと痛むのを感じた。

「えっと……、どういう状況で何を質入れしたのか教えてもらえるかな？」

急に涙ぐんだ私を見て、目の前の男性は困った様子だ。

「二ヶ月くらい前にここに来て、若い男の人が――」

そこまで話し、私はハッとした。

名前！　名前を書いたメモが財布に入れっぱなしのはず。

慌てて鞄を漁り、財布を探す。

「あった。これだ」

ポイントカードの間に紛れた二つ折りにしたメモは、この二ヶ月で端がボロボロになっていた。丁寧に開くと、中年の男性はカウンター越しにそのメモを覗き込む。

「えっと、飯田――」

そのときだ。背後からガラガラッと引き扉を開ける音がした。急な物音にびっくりして振り返り、目に入った人物に私は目をみはる。

「あー！　あのときの悪党！」

「…………。はぁ？」

そこには、前回私の接客をしたイケメン、もとい、質入れ詐欺男がいたのだ。

よくも性懲りもなく目の前に現れたな、この悪党め！

そんな気持ちを込めて目の前のイケメンを睨み付ける。

「この人です、この人！　この人が私の万年筆を横領しました！」

ビシッと人差し指を突きつけて、カウンターにいた中年の男性に訴える。男性は困惑顔で私とイケメンを見比べた。

「あー……。真斗、このお嬢さんと知り合いかい？」

落ち着いた、けれど、戸惑ったような口調で中年の男性がイケメンに尋ねる。私は男性とイケメンを交互に見比べた。

「え？　知り合い？」

「息子だね」

「…………」

店内に、なんとも言えない気まずい雰囲気が広がったのだった。

◇　◇　◇

「ほんっとうに申し訳ありません！」

私は深々と目の前の二人に頭を下げる。

五分ほど前に現れたイケメンこと飯田真斗さんは、なんとこのつくも質店のご主人の息子さんだった。外出先から自宅に帰ってきたら、玄関先で見知らぬ女に『悪党』

呼ばわりされ、さぞかし驚いたことだろう。

「いやいや、いいよ。真斗の言い方も誤解を招くものだったみたいだしね」

苦笑気味に頭を上げるように促すのは店長の飯田さん（父）。

「そう言わないとこいつ、胡散臭いネット販売とか利用しただろ」

不満げに顔をしかめるのは真斗さん（息子）。


よくよく話を聞くと、いずれにせよつくも質店では二〇歳以上の方のみお取り引き対象としているようで、未成年である私は質入れすることができなかったらしい。

言われてみれば確かに店内に貼られた注意書きにはそう書かれているが、あのときの私は全く気が付いていなかった。

だから、あの日質入れしに来た私が未成年だと気付いた真斗さんは、すぐに追い返すか迷ったのだという。

それなのに、なぜ私は無事に万年筆を渡してお金を借りることができたのか。それは、ひとえに真斗さんが機転を利かせてくれたおかげだ。

「あの万年筆、大切なものだったんだろ？　質入れの説明したときに、利息を払えば取り置き延長するって言葉に異様に反応していたし。本当は手放したくないものだってことは、すぐにわかった」

そう言いながら、真斗さんは店内を進むとカウンターへと入ってゆく。その後ろには久しぶりに会うシロがいた。ご機嫌な様子で私のもとに寄ってくると、足に体を擦り付けてきた。

（シロだ！　私のシロ！）

抱き上げたい。

抱き上げてスリスリしたい。けど、おかしな子だと思われるから今は我慢！

真斗さんは私をちらりと見ると、持っていた鞄をカウンターの向こう側、キャビネットの上に無造作に置いた。

「けど、うちで断ったら、あんたは他のリサイクルショップか怪しいネットのオークションとかフリーマーケットアプリで売りかねないなと思って。最悪、はした金で手放して、さらに変な店でバイトとかしそう」

私は鋭い指摘にぐっと言葉に詰まった。

あんな男《ひと》のために大切な万年筆を本気でお金に変えようと思っていたあたり、冷静になった今思い返せばとても正気だったとは思えない。

確かに、店舗で売るのが無理だと知ったら未成年でも売買可能なネットアプリに頼ったかもしれない。それに、実際にキャバクラでバイトすることを考えていた。

「ちょっと待ってて」

真斗さんは店の奥へと消えてゆく。

暫く待っていると、戻ってきた彼は見覚えのある黒く長細い箱をカウンターの上に置いた。箱を開けて、中を見せるように私に差し出す。

「ほれ。これだろ？　大事なもんなら、二度と手放すんじゃねーぞ」

「あ、ありがとうございます……」

店内にぶら下がったランプの光を反射して、黒い万年筆は鈍く光っていた。手に取ると、軽いはずのそれがずっしりと重く感じた。

これを使うときはいつも悩みながら繰り返し眺めた白い星が目に入る。

間違いない。私の大事な万年筆だ。

二ヶ月ぶりにこれを手元に戻すことができたことに、感激で目に涙が浮かぶ。

「はい。じゃあ、五万円ね」

「え？」

「ん？」

同時に怪訝な顔をした、真斗さんと私が顔を見合わせる。

「五万円も持っていませんけど？」

「は？」

「まだお金が用意できないから取り置き延長してもらおうと思ったんです。今日、五〇〇〇円しか持っていません」

私はこの万年筆を質入れしたのだと思っていた。だから、質流れを防ぐために利息を払いに来たつもりだったのだ。

五万円は大学生の私には大金だ。そんなにすぐには用意できない。

バイト代が入っても、お昼ご飯代やサークルの会費などにすぐ消えてしまう。特に、最近は健也のデート代を支払ったり、売れもしないライブのチケットを大量買いしていたせいで、貯金もゼロだった。

唖然とした表情の真斗さんを見て、急激に不安に襲われた。

真斗さんの説明では、質入れした際に期限内に利息を払えば取り置き延長してもらえるらしいが、それはあくまでも質入れした商品に言えることだ。今の話では、私の万年筆は質入れすらされていない、ただ単に真斗さんが好意でお金を貸した状態になっている。もしかして、今五万円払えなかったら取り上げられてしまう？

「もしかして、正式な質入れじゃないから取り置き延長不可？」

シロが足下に擦り寄ってくる。もしここで手放したら、この万年筆とも、この温もりともお別れだ。私はぎゅっと万年筆を片手に握る。

「え、……いや、そういうわけじゃねーけど」

「じゃあ、もう少し待ってください！　必ず近いうちに返すからっ！」

まさか、テレビドラマでよく見る借金取りに追われている人が吐く台詞を自分が口にする日がこようとは、夢にも思っていなかった。

しかもまだ、弱冠十九歳でございます。

必死に詰め寄る私にたじろぐように後退《あとずさ》った真斗さんが後ろのキャビネットにぶつかってガタンと音が鳴った。

そのときだ。黙って私と真斗さんのやり取りを見守っていた飯田さんがポンと手を叩いた。

「そうか。きみがこの子の持ち主か」

「え？」

この子って？　と振り向くと、飯田さんはにこにこしながらこちらに近づき、シロを抱き上げた。私は驚いて飯田さんを見つめた。

そんなことはあるわけがない。

だって、シロは――。

「……見えるの？」

「もちろん。まだそんなには経っていないみたいだけど、付喪神が付くなんて、きっと大切にしていたんだろうと思っていたんだよ。そうか、きみか」

飯田さんはシロの頭をくしゃりと撫でた。

「付喪神？」

「物に宿る神様だよ。知らなかったわけ？」

真斗さんが呆れたように横から口を挟む。

付喪神？　物に宿る神様？

知らないよ、そんなの。

シロはシロだ。いつからかふらりと現れた、私だけにしか見えない不思議な猫だ。

「そうだ。いいこと考えたよ」

「いいこと？」

「えーっと、遠野梨花さんだっけ？　きみ、うちで手伝いしないかい？」

「「え!?」」

突拍子もない提案に、私と真斗さんが同時に驚きの声を上げる。

「真斗に五万円借りたんだろう？　それは私が立て替えよう。その代わり、五万円分働いてくれないかい？」

「どういうことだよ、親父」

真意が掴めず、真斗さんが問い詰めるように飯田さんに尋ねる。

「真斗、最近は研究が忙しいから店番するのが難しいって言っていただろ？　査定以外の業務を梨花さんに変わってもらえたら、だいぶ助かるんじゃやじゃないか？　付喪神が見えるなんて、そうそういる人材じゃないぞ。そうだな、時給一〇〇〇円換算で五〇時間分勤務するのはどう？」

「いいんですか？」

私は驚いて、呆然としたまま飯田さんを見返す。

大手チェーンのファミレスでバイトはしているけれど、シフトが固定されているので五万円の余剰資金を生み出すのは結構大変というのが正直なところ。五〇時間の手伝いと引き換えに万年筆を返してもらえるのは、本当にありがたい申し出だった。

「いいよ。梨花さんがやってくれたら、助かるなぁ」

にこりと微笑む飯田さんの笑顔にジーンとくる。

「やります！　私、やります。やらせてください！」

こうして、私のつくも質店での不思議な日常が始まったのだった。

◇　◇　◇

あれは小学校六年生の頃だった。

通っていた小学校の先生の思いつきなのか、夏休みの読書感想文の代わりに、『とある出版社がやっているジュニア向けの短編小説賞への応募作品を書くこと』という課題が出た。応募規定は『二千字以上、五千字以内の短編小説』というたったそれだけ。けれど、当時の私にはとてつもなく膨大な文量かつ難題に思えたのを憶えている。

「なんにしようかなー」

始業式を週明けに控え、冷凍庫から取ってきたアイス片手に独りごちる。ずっと考えているけれど、アイデアなんて浮かばない。

夏休みも残り三日を切っているのに、この宿題だけが残っていた。やったら『〇』をつける宿題達成一覧表に、一ヶ所だけ残った空欄。

（あーあ、こんなときにドラえもんが現れて助けてくれたらいいのに……）

そんなことを思っていたら、ふと閃いた。

もしも私だけの特別な魔法使いがいたら、どんなに素敵だろうと。

そこからは次々にアイデアが湧いた。

主人公は自分と同じ小学六年生の女の子にしよう。魔法使いはちょっとドジな眼鏡っこにしよう。ドジだから魔法の箒から落ちちゃったところから話はスタート。助けたお礼に魔法で困り事を解決してもらったはずが、ドジな魔法使いのせいでトラブルが次々と起こって――。

夢中で書き進めて、気が付いたときには規定の上限である五千文字ぎりぎりになっていた。

夏休みが明けて蓋を開けてみれば、その宿題をきちんと提出できたクラスメイトはクラスの半分くらいしかいなかった。けれど、自分はちゃんと宿題を全部終わらせることができて、ほっとした。


「遠野さん、前に」

「あ、はい」

友達とお喋りしていたら先生に名前を呼ばれたのは、それからだいぶ経った、ある日の朝会のことだ。お喋りしていた友達も私も表情をなくす。怒られるのかとビクビクしたけれど、先生はにこにこと笑っていた。

「夏休みの宿題で出した小説コンテストですが、見事に遠野さんが受賞しました。おめでとう！」

「え？」

ポカンとして先生を見上げてしまったのは、自分がそんなものを書いたことすら忘れていたから。

クラスメイトからは「りかちゃんすごーい」とか「まじかよ」とか、色々な声が聞こえてきた。

「頑張ったな。おめでとう」

笑顔の先生から渡された厚紙には『表彰状』と『努力賞　遠野梨花』と書かれていた。

家に帰ってから夕食のときにそのことを話すと、お父さんとお母さんは大喜びした。

『努力賞』はそのコンテストの賞の中では一番下の位置付けだった。盾もなければ賞品の図書カードもない。ましてや、何かの本に載るわけでもない。

もらえるのはたった一枚の賞状だけ。あとは、主催した出版社のホームページにひっそりと名前が載り、作品が閲覧できるようになっていた。

それなのに、お母さんってば、お祖父ちゃんとお祖母ちゃんにまで「うちの梨花が……」と電話して。

親バカ全開で「全作品の中で絶対に一番面白い」と何回も繰り返し言った。

凄く恥ずかしかったけれど、こんなふうに褒められたことはほとんど記憶にないので、同時にとても誇らしくもあった。

万年筆を貰ったのは、その年の年末のことだった。

冬休みに家族でお祖父ちゃんとお祖母ちゃんの家に泊まりに行くと、お祖父ちゃんに「梨花。ちょっとおいで。いいものをあげよう」と言われた。

「いいもの？」

年末のバラエティー番組を見ていた私は首を傾げてお祖父ちゃんのもとへと歩み寄る。つけっぱなしのテレビからは、効果音の笑い声が「アハハハハ」と聞こえてきた。画面の中ではお笑い芸人が半裸みたいな格好をして踊っている。

「これだよ。梨花にぴったりだと思って」

「これ何？」

「開けてごらん」

差し出されたのは黒くて長細い、小さな箱だった。

それを開けると、中からは黒いペンが出てきた。自分が持っている一番太いシャーペンよりもずっと太くて、端っこには白い星みたいなマークが入っていた。縁は金色で、部屋の蛍光灯の灯りを反射して鈍く光っている。

「モントブランク？」

小学校の授業で習ったローマ字読みで箱の蓋の内側に書かれた文字を読むと、お祖父ちゃんは「モンブランだよ」と笑った。

「モンブラン？」

私の中で『モンブラン』は栗味のケーキを指す言葉だったので、よくわからずに首を傾げる。

「梨花、小説で賞を取ったんだろう？　だから、これがぴったりだと思ったんだ。作家といえば万年筆だ。お祖父ちゃんがまだ働いていた頃、ずっと昔に奮発して買ったやつなんだけど、今も使えるから梨花にあげよう」

お祖父ちゃんは頭に片手を当てて嬉しそうに笑う。

お祖父ちゃんによると、それはとても高価な万年筆らしい。傍らには、インクが入ったボトルもあった。手に握ると子供の私には少し太すぎて持ちにくかったけれど、教えてもらった方法でインクを注入してペン先を紙の上を走らせると、驚くほど滑らかに滑った。

「これでたくさん小説書いて、またお祖父ちゃんに見せてくれな」

「うん、わかった」

なんの気なしに書いた作品だったけれど、こんなに喜んでくれるならまた書いてみよう。

私は嬉しくなって大きく頷いた。

その後、中学を卒業するまでは気が向いたときにちょくちょくと小説を書いては、自分で見つけた学生向けの小説賞に応募してみたりもした。

結果は全て一次落ち。

初めての、しかも何も考えずに書いた作品で見事に受賞した私は、小説のコンテストで受賞することは近所の水泳教室で級が上がるのと同じくらい簡単なことだと思っていた。だから、この結果にはとても焦った。

高校に入ると、物の試しにと文芸部に入部してみた。

部のみんなで課題の本を読んで感想を言い合い、気に入ったフレーズを紹介し合ったり、自分で作品を書いて冊子を作り文化祭で配ったり。

この間にも何回かコンテストに応募したけれど、結果は出なかった。たまに一次通過することはあっても、そこでおしまい。

気持ちが落ち込んだときはお祖父ちゃんのくれた万年筆を眺めて、頑張ろうと自分を叱咤する。

お父さんのお古のパソコンを使っていたので万年筆で小説を書くことはなかったけれど、太いペンを握り何種類もサインのデザインを考案する。そして、披露する予定もないそれを練習し、いつか自分のペンネームが本屋に並ぶ光景を夢想しては気持ちを紛らわせた。

そんなある日、シロが現れた。

パソコンに向かって話の展開に悩んでいると、「ニャー」と鳴き声がした気がした。

足下を見ると真っ白な猫がこちらを見つめていた。どこから野良猫が紛れ込んだのかと驚いたけれど、この子が他の人には見えないらしいと気付くまでにさほど時間はかからなかった。

上手くいかない創作活動に落ち込むたび、万年筆を眺める。そのたびに、シロはどこからともなく現れた。

大学に入学しても、私はめげずに文芸サークルに入った。作品紹介したり、小説の書き方を勉強し合ったり、それぞれが思い思いに作品を書いてサークル誌として発行したり。

それなりに楽しく過ごしていたけれど、転機はある日突然やってきた。

「おめでとう！」

「凄いねー」

サークルの部室に行くとみんなが口々にそう言っていた。どうしたのかと思って聞くと、サークルの仲間の一人が出版社の主催したコンテストで銀賞を受賞したと。

「え？　応募してた？」

「うん。恥ずかしいから、いつもとは別のペンネーム使っていたの」

「へえ……。おめでとう」

そう言いながら、私はちゃんと笑えていただろうか。

そのコンテストは私も応募していた。結果は二次落ち。

なんで？　私のほうが、ずっと昔から書いていたはずなのに。

そんなドス黒い感情が湧き上がる。

「ありがとう。梨花ちゃん、惜しかったね」

そう言われた瞬間、カッと目の前が赤く染まり、色々な感情が自分の中で渦巻くのを感じた。

――あんたなんかに、言われたくない！

思わず、そんな言葉を吐き出しそうになる。気持ちが荒ぶる私を慰めるように、その頃には常に私の周りにいるようになっていたシロが擦り寄る。

柔らかな温もりが足に触れ、ささくれ立った感情が幾分か収まった。

「ううん、私はまだまだだよ。追いつけるように、頑張る」

すうっと息を吐いて気持ちを落ち着かせる。

にこりと笑いかけると、目の前の子は、それは嬉しそうにはにかんだ。

頑張るという言葉とは裏腹に、そのときから私は小説を書くのをやめた。

書く気が失せたというか、何もかもが嫌になったというか。

サークル誌の原稿には、高校生のときに書いた作品を使いまわして提出した。

万年筆は見るのが辛くなって、箱に入れっぱなしのままインクごと机の奥にしまい込んだ。

そんなときに、健也と出会った。

何度もオーディションに落ちてもめげずにアーティストを目指してチャレンジする姿に惹かれたのは、自分には成し遂げられなかった夢の実現を彼に重ねて叶えようとしていたからかもしれない。

今思い返せば亜美ちゃんが言うとおり、健也の態度にはおかしな部分がたくさんあった。

けれど、私はそれに気が付かないふりをして目を逸らし続けた。

本当に、なんてバカなんだろうと呆れてしまう。けれど、そんなバカな行動をし続けたのは、紛れもなく私自身だ。

――結果、私は大切な万年筆を質に入れた。

◇　◇　◇

少し涼しい風が混じり始める十月の上旬。少しの不安を抱えたまま、私はつくも質店を訪れた。

あのときは何も考えずに『働きます』と言ってしまったけれど、よくよく考えたら私は中古品の査定なんかできない。大丈夫だろうか。

カタンと音を鳴らしてお店の引き戸を開けると、カウンターの奥の畳の間では真斗さんが座卓に向かっていた。

「こんにちは！」

大きな声で呼びかけると、私に気付いた真斗さんがこちらを見る。

「遠野です。今日からよろしくお願いします」

「いらっしゃい。今日からよろしく」

軽くぺこりと頭を下げると、真斗さんはすぐに立ち上がってこちらに寄ってきた。鞄を奥に置くように促される。

おずおずと鞄を置くと、真斗さんが先ほど向かっていた座卓の向かいに座るように勧められた。座卓には何やら難しそうな本がたくさん置いてある。『土木構造物共通示方書』、『都市環境工学概論』とかなんとか……。

うん、よくわからない。

真斗さんは私の向かいに座ると、その難しそうな本を無造作に端に寄せる。

「店番だけど、遠野さんは持ち込み品の査定ができないから、基本的には俺とペアで店番に入ってもらって、簡単なことだけお願いしようと思う。店内の掃除と利息を直接払いに来た人の対応と電話番、あとは、ネット注文の配送伝票書いたりかな」

「ネット注文？」

「そう。質流れになった商品をネットでも売っているから。それの配送伝票を書いたり、荷造りしたりとか」

「ああ、なるほど。わかりました」

持ち込まれた品の査定をしろと言われたらどうしようかと思っていたので、私は心底ほっとした。それに、真斗さんとペアで店番をするなら、わからないことも聞くことができるから安心だ。

真斗さんは座卓に置いてあるパソコンを操作して、何かを印刷する。渡されたそれを見ると、注文一覧だった。全部で三件ほどある。

「これが昨日の夜から今までに入った注文」

「へえ」

一晩で三件も注文が入るなんて、結構たくさん買う人がいるのだなと驚いた。

「パソコンの操作はできるよね？」

「難しいことでなければ」

「難しくないから大丈夫」

真斗さんは手元のパソコンの画面をこちらに見えるように傾けると、デスクトップのショートカットをクリックする。モニターには商品一覧と『販売中』『注文あり』『配送済み』などのステータスが入った表が表示されていた。

「たまにここに直接買いに来る人もいるから、こまめにパソコンは確認して。ネットで注文が入っているものを店頭で売っちゃうとトラブルになるから」

「はい」

「店頭で商品が売れたら、ネットのほうは『在庫なし』に変更してね」

その後も一通りの説明を受ける。最後に真斗さんが「こんなもんかな」と言ったのを聞き、さほど難しい業務はなさそうだと私は胸を撫で下ろした。

「マナト」

早速掃除でもしようかと立ち上がりかけたとき、緑のインコが器用に鳴いた。

初めて真斗さんを見かけたときに肩に乗っていたインコだ。今日も真斗さんのすぐ近くで羽を休めていて、とても懐いているようだ。

それにしてもさすがインコ。物真似が上手だ。

微笑ましく思いながらインコを眺めていた私は、次の瞬間我が耳を疑った。

「ダイジナコトヲ、ワスレテル」

「あ、やべ。忘れてた」

「ワスレルナ、イチバンダイジ」

緑のインコは首を前後に振ってから、バサバサッと真斗さんの肩に飛び乗った。

ん？　んん？

私は驚きのあまり、中腰のまま暫く硬直して真斗さんとインコを見つめた。

インコは鳥なのに舌の形が人間に近く、言葉の真似ができるとは聞いたことがある。けど、あんなに会話みたいなことができるものなのだろうか。

インコを飼ったことがないので絶対にないとは言い切れないけれど、まるで言葉がわかっているかのような反応に驚いて言葉もでない。

真斗さんは頭を指で掻くと、こちらを見る。

「あと、一番大事な仕事をひとつ。時々こいつらの話し相手、しといてくれる？」

「こいつら？」

「うん。まずこいつ」

真斗さんは肩に乗ったインコを指さす。

「……は？」

「あとは、あいつも」

真斗さんが店の奥に目を向ける。可愛らしい柴犬の子犬がこちらを見つめていた。

「イチバンダイジナシゴトダヨ。リカ、ヨロシクナ」

首を傾げたインコがこちらを見る。

「え？　え？　えぇー‼」

静かな店内に、私の絶叫が響き渡った。

喋った。喋ったよ。インコが喋った！

いや、インコは喋る鳥だって私も知っているんだけどね。

でも、知っている言葉を繰り返すだけじゃないの⁉

啞然とする私をよそに、真斗さんは落ち着いた様子でインコの背を指先で撫でる。

「こいつもそっちのも、両方とも付喪神だよ。遠野さんのその白い猫と一緒」

「つくもがみ？　前もそんなこと言っていましたけど、それってなんですか？」

「あんた、その子が見えているのにそんなのも知らないっておかしくない？」

真斗さんは私の足下にいたシロを顎で指す。呆れたような口調にぐっと言葉が詰まるけれど、『つくもがみ』なんて知らないものは知らない。

「前にも少し話したけれど、付喪神は物に宿った神様だよ。長い期間、人が情を込めて大切にした物には、魂が宿る。それが付喪神ね」

「物に魂が？　長い期間……」

「そう。ついでに言うと、普通の人には見えない。見える人はそっち系の力が強い人だね」

「…………」

ちょっと色々と想像の斜め上を行き過ぎている。

けれど、今、現に目の前にいるインコはオウム返しじゃなく言葉を発することができるのは確かだ。

それに、シロはいつも私の周りにいたけれど、誰もその存在に気が付く人はいなかったことはこの数年間で知っている。だからこそ、前回ここに来た際に店長がシロを抱き上げたことに心底驚いたのだ。

でも――。

「この子、万年筆を貰ったときにはいなかったんです。でも、途中からふらりと現れて。私、そんなに長い期間使っていないですけど……」

私はシロを抱き上げて、真斗さんを見上げる。

「あんたはそれだけその万年筆に思い入れがあって大事にしていたんだろ？　立派な付喪神が宿るっていうのは、それだけ大事にしてきて思い入れがあるってこと。うちは不用品は買い取るけど、その人にとって必要なものは買い取らない」

真斗さんは座卓の上のお盆に伏せて置いてあったグラスをひとつ取ると、それに麦茶を注ぐ。琥珀色の液体が透明のグラスの中に満たされてゆく。

なんだ。やっぱりこの人、何もかもお見通しだったんだ。

段々と嵩を増す麦茶を眺めながら、ふとした疑問が湧いた。

「……もしかして、あの万年筆は五万円も価値がなかったんですか？」

注いているグラスに視線を向けている真斗さんは目を伏せ、眼鏡の奥で長めの睫毛が僅かに揺れた。

私の質問が聞こえているのかいないのか、返事をすることなくお茶の入ったグラスを差し出す。

その沈黙が、かえって答えを言っているような気がした。

「大切なものなら、もう、手放すなよ。一度手放したら、次はない」

「……はい」

受け取った麦茶を一口飲む。

冷たい液体が体内を通り抜ける感覚がして、五臓六腑に染みわたった。

◇◇◇

つくも質店でのお手伝いも少し慣れてきたその日、私は一人で店番をしていた。

いつもなら真斗さんがいてくれるけれど、今日は大学院の研究が忙しいとか。

まだお手伝いを始めて三回目だけれど、つくも質店のお仕事はネットがメインのようで直接お店を訪れる方は少ないようだということはわかった。

とはいえ、直接店舗を訪れる人もたまにいるので、誰かしらの店番を置いておきたいというのが本音のようだ。

「ねえ、フィリップは何に宿る神様なの？」

「トケイ。オレ、スゴクカッコイイトケイダゾ」

「いつからここにいるの？」

「サンネンクライ」

「三年間、質入れされているの？」

「ソウダ。マサルハイマ、ガンバッテル」

「マサル？」

「オレノモチヌシ」

「ふうん？」

「モウスグクルゾ」

一人ぼっちの店番だけど、シロや柴犬のタマもいるし、それにお喋り好きな緑色のインコ――フィリップがずっとお喋りしているので時間はあっという間に経つ。

「タマはなんの付喪神なの？」

私は窓際で外を眺めるタマに聞いたけれど、振り返ったタマは無言で私を見返すだけだ。

「タマハ、カバンダ」

「あ、そうなんだ」

フィリップがタマの代わりに答える。

今のところお喋りをする付喪神はフィリップだけのようだ。

パソコンモニターを覗くと、ネットで注文があったことを報せるマークが付いていた。商品の配送先を確認すると、長野県からだった。東京都文京区にあるつくも質店だけれど、お客様は日本全国のようだ。

宅配便の伝票に丁寧に宛先を転記していると、ガランっと引き戸を開ける音がして私は顔を上げた。

「あ、お帰りなさい」

「ただいま」

一言だけ返した真斗さんは、カウンターを越してこちらに来るとドサリと鞄を床に置いた。壁の掛け時計を見ると、まだ午後六時だ。

「早かったですね」

「残りは家でも纏められる内容だから、帰ってからやろうと思って。誰も来なかった？」

「はい。いらっしゃいませんでした」

「ん、よかった」

よく見ると、走ったせいか髪の毛が少し乱れていた。

多分、私にひとりぼっちで店番させるのが心配だから、急いで帰ってきてくれたのかな。真斗さんはいつもぶっきらぼうな態度だけれど、裏では色々と気遣いをしてくれて優しい人なのかもしれない。

真斗さんは無縁坂を上りきった場所にある日本の最高学府、東京大学の大学院に通っており、現在修士課程の一年生だと言っていた。

修士課程は二年間しかない。一年生とはいえ、学会発表や修士論文の準備でとても忙しそうだ。今まで店番を手伝ってきた真斗さんが学業に忙しく時間を作るのが難しくなってきたことも、私が雇われたことの一因のようだ。

ちなみに専攻は都市デザイン工学という、私には聞き慣れないもの。

研究テーマの内容を聞くと、自然と融合する都市をデザインするとかなんとか言っていたけれど、全くわからないから理解するのは諦めた。

そして、なぜ私が初めて無縁坂を通りかかった際に真斗さんは和装姿だったのか。

先日、私はそのことについて真斗さんに聞いてみた。

「真斗さん、五月祭のとき和装姿で歩いていましたよね」

「…………。は?」

ちなみに『五月祭』というのは東京大学本郷キャンパスで毎年五月に行われる学園祭の名称だ。

質問した瞬間、狼狽えた真斗さんの鉄板ポーカーフェイスが崩れる。

どうやら、真斗さんはあの日眼鏡をしていなかったこともあり、無縁坂ですれ違ったのが私だという認識は一切なかったようだ。

「人違いじゃねーか?」

「人違いじゃありません。絶対に真斗さんでした。だって、肩にフィリップが乗っていましたもん」

「たまたまインコを肩に乗せていたとか」

「それ、むちゃくちゃ苦しい言い訳ですね」

しらばっくれる真斗さんを散々追及すると、やっと教えてくれた理由は意外なものだった。オチケン——正式名称、落語研究会に入会している友人に学園祭での客寄せチラシ配りを手伝ってくれと頼みこまれ、無理やり着せられた和装姿で手伝った後につくも質店に帰る途中だったということだ。

うん、その友人の気持ちはよくわかる。

真斗さんはとても整った見目をしている。だから、あの和装姿でにこやかに客寄せすれば女性客がたくさん来てくれそうな気がする。普段の様子から、果たしてにこやかに接客することができるのかどうかは不明だけど。

とにもかくにも、あの姿は滅多に見られない貴重なショットだったらしい。

くぅ！　写真を撮っておけばよかった。

「似合っていたから、もう一回着てください」

目を輝かせる私に対し、真斗さんは物凄く嫌そうな顔をする。

「ふざけんな。断る」

冷たく一蹴されてしまった。

つれないねぇ。もう見られないなんて残念だ。

「マナト、オカエリ、オカエリ」

「おっす、ただいま」

スニーカーを脱いでいる真斗さんのもとに緑色のインコ——フィリップが飛んで行き、トントンと躍りながら喜びを表す。

ところで話は変わるけど、このネームセンスってどうなんだろうって思わない？

『フィリップ』という名前、最初に聞いたときは大笑いしてしまった。

だって、インコに『フィリップ』だなんて、意外すぎて。某世界的有名映画に登場する王子様の名前だよ？

それに、『タマ』も。あの国民的大人気番組の影響で、日本国民の九十九パーセントは『タマ』という名前からは猫を想像すると思う。

それなのに、なんで見た目は柴犬なのに『タマ』？

よくよく聞けば命名は両方とも真斗さんらしく、笑われたことにふて腐れていたので悪いことをしてしまった。

フィリップはバサリと羽ばたいて奥の台所に向かった真斗さんの肩に飛び乗る。シロとタマも真斗さんの足下に擦り寄っている。

若い男性が肩に緑のインコを乗せて足下に子犬と猫を従えたこの光景も相当笑えるんだけど、笑うと絶対に怒られちゃいそうなので黙っておこう。

私は台所からこちらに戻ってきたシロを抱き寄せると、お腹のあたりをくしゃくしゃと撫でて遊ぶ。「ニャー」と小さな悲鳴が聞こえた。

「遠野さん、今日の夕食は？」

麦茶を沸かしていた真斗さんが、奥からひょいっと顔を出す。

「夕食？　まだですけど？」

「そうじゃなくって、今日は親の都合で家に食事がないって前に言ってなかったっけ？　弁当注文するから食べていく？」

「え？　いいんですか？」

「いいよ。ひとつの注文も二つの注文も、同じだし」

実は今日は、お父さんは仕事で出張、お母さんも会社の飲み会があって、夕食がないのだ。前回の店番のときにちらっと喋っただけなのに、覚えてくれていたことにびっくり。

「じゃあ、お願いします」

「あいよ」

真斗さんはスマホをポケットから取り出すと、どこかへ電話し始めた。「いつものやつを二つ」なんていう台詞が聞こえてきたから、よく使っているお弁当屋さんなのかもしれない。

三〇分ほどして配達の方が持ってきたのは、二段のお重に入った重箱弁当だった。

「またお願いします」

「はい。ありがとうございました」

そんなやりとりを終えた真斗さんがお弁当を座卓に並べてくれたので、ありがたく目の前に座る。

「「いただきます」」

手を合わせると二人で息のあった挨拶をする。紙製のお重に触れると、まだほんのりと温かかった。割り箸を割って一口食べると、お米が驚くほど美味しい。

「美味しい……」

「だろ？　契約農家から取り寄せた米を土釜で炊いているって言ってた」

「へえ」

「ココノベントウハ、サイコーダヨ」

なぜかご飯を食べないはずのフィリップまでもが横から口添えしてきた。おかずも一口食べると、薄味の優しい味わいがした。

「よく頼むんですか？」

「週に二回くらいかな」

「ふうん」

いつも一人で食べているのだろうか。お母さんはどうしているのかな？　そんな疑問は次々に湧いたけれど、なんとなく聞くのはためらわれた。

「そう言えばさ……」

何を話そうかと考えあぐねいていると、真斗さんが先に口を開く。

「あの万年筆って、子供が持つような物じゃない気がするんだけど、どうしたんだ？」

「え？」

「あの万年筆、あんたはあまり知らなかったみたいだけど、凄くいいやつだよ。『モンブラン』っていうドイツ発祥のメーカーの『マイスターシュテュック』ってシリーズでさ。有名なのは長さが１４９ミリの『１４９』なんだけど、あんたが持っていたのは全体的に細いボディに少しだけ長さが短くなった『１４６』ってやつね。でも、それでもいい商品であることには変わりない。１４６は小さな手でも持ちやすいから、女性にも人気があるんだ」

「…………」

そっか。やっぱりあの万年筆、凄くいい品物なんだ。『昔、奮発して買った』と笑ったときの、お祖父ちゃんの表情が脳裏に浮かぶ。そんな大事なものを安易に売ろうとしたことに、物凄い罪悪感を覚えた。

隠すようなことでもないので、私はポツリ、ポツリと事情を話し始めた。

小学校の頃、子供向けの小説コンテストで入賞したときにお祝いで貰ったこと。その後も小説を書いていたけど、鳴かず飛ばずだったこと。創作仲間の成功を目にして、自棄になったところで変な男に引っかかったこと。

「ふーん。ま、結果的には後戻りできないくらい傷が深くなる前に変なのとは別れられたからよかったんじゃね？　で、次は何を書くの？」

しんみりとした私に対し、真斗さんはあっけらかんとした様子だ。

「え？　でも、私才能ないみたいで」

「誰かプロにそう言われたわけ？　あんたは才能がないから、もう書くなって」

「いえ……」

心底不思議そうに聞かれ、言葉に詰まる。

私が小説を書かなくなったのは、誰かに言われたからじゃない。自分でそう決めつけたからだ。私には才能がないから、もう書いても無駄だって。

「よくわかんねーけどさー」

俯き加減の私に、真斗さんは相変わらずなんでもない様子で言葉を続ける。

「その万年筆をくれたじいさんは、あんたに楽しく書いてもらうきっかけにしたかったんじゃないの？　プロになれだなんて、一言も言ってないんだろ？　そりゃ、孫がプロの作家になったら嬉しいだろうけどさ」

「………」

「最初から熱狂的なファンがいるなんてすげーじゃん。世の中には、趣味を家族にバカにされたり、反対されるやつだっているわけよ」

なんか、色々と言葉が出てこなかった。

つまり、甘ったれな私は夢を叶えることができなくて、自分で無理だと境界を張って、さらには地道に努力してきた仲間に嫉妬して、最後は安易に逃げ出したのだ。亜美ちゃんに『クズ男』呼ばれされた健也と、本質的には何も変わらない。

「…………。私、また書けるかな？」

「知らねーよ。ただ、ひとつのストーリーを作り出して、それを本にできる文量に纏めることは、なかなかできることじゃない。レポート用紙何百枚って文字数だろ？　それだけで大したもんだと思うけど。だって、一般的な資格試験で課される論述試験でよく見かけるのが八百字とか千六百字くらいだろ？　それですら多くの奴らが四苦八苦してる。少なくとも、俺は無理だな。あ、研究論文なら書けるけど」

真斗さんは食べ終えた厚紙の重箱を、もとのように重ねてごみ袋代わりのレジ袋に突っ込んだ。

私はぼんやりと真斗さんを見つめる。

真斗さんの言葉は私を励ましているのと同時に、『自分で考えろ』と突き放してもいる。

今の私には、それがただ単に慰められるよりもよっぽど心に染みた。

面倒くさそうな口調は相変わらず、ぶっきらぼう。けれど、ほら。この人が言っている内容は、とても優しいでしょ？

不意に、これまで書いてきた作品を、「面白いよ」と言って笑ってくれた人達――両親や、友達や、お祖父ちゃん達の顔が浮かぶ。なんか、無性に泣きたい気分。

また、書いてみたいけど……。

でも、私なんかに書けるかな。

そんなふうに不安に思った気持ちを払拭するように、シロが擦り寄ってくる。こちらを見上げる青色の瞳と目が合うと、シロは私に頑張れとでも言いたげに、「ニャー」と一回鳴いた。

第二話　Van Cleef & Arpels　アルハンブラ

十月も下旬となった今日この頃、街ではハロウィンの飾り付けが至るところで見られるようになった。

無縁坂から少しだけ見える旧岩崎邸庭園の木々の一部は、いつの間にかほんのりと黄色に色づき始めている。もう少ししたら、真っ赤に染まる景色が見られるかもしれない。

ぼんやりと頭上を眺めていると、ザッと強い風が坂上から吹きぬけた。思ったよりも冷たい空気に思わずぶるりと身震いして、首元の服を手でキュッと引き寄せる。

「こんにちはー」

戸を引くと、珍しく先客がいた。

後ろ姿で目に入った茶色く染められた髪は、背中の真ん中くらいの長さで毛先がくるんと巻いてある。服装は長袖の薄手のニットにジーンズを合わせたカジュアルなものだったが、足下の高いヒールが女性らしい印象を与えていた。

そして、ちょうど彼女の斜め前、カウンターの上には、金色のチェーンと黒い革紐が絡まった印象的なショルダーチェーンが付いた黒い鞄が置かれているのが見えた。

カウンターの向こう側にいる真斗さんは商品の査定を行っているのか、小さなルーペを覗いて小さなポーチの内側に付いたロゴを確認していた。

私が来たことにすぐに気付いたようで顔を上げると視線で奥を指したので、中に入って来いということのようだ。

私はおずおずと女性の横を通り抜けて真斗さんのほうへ行く。

カウンターの上には先ほど見えた黒い鞄のほかにも、たくさんの箱が積み重なっている。女性の脇を通ったとき、甘い香水の匂いがスンと鼻孔をくすぐった。

「こちらも非常によい状態ですね。傷もありませんし、ランクAでお引き取りします」

「やったー！　ありがとねー」

その女性は甘えるような声で歓声を上げると両手を顔の前で合わせる。真斗さんは今持っていたポーチをカウンターの上に戻すと、今度は黒い鞄へと手を伸ばした。そして、女性には買い取り申し込みの用紙を差し出す。

「もう少しかかるので、こちらを記入してお待ちいただけますか？」

「これさあ、毎回毎回同じことを書いていて面倒くさいんだけど、省略できないの？」

「決まりなので、すいません」

「えー、堅いなぁ。まあ、どうせ待っているんだからいっか」

女の人はくすっと笑って、目の前に差し出された用紙への記入を始める。

下を向いているのをいいことに、私はその女性を窺い見た。

まつ毛エクステをしているのか、長い睫毛はくるんと上を向いて目元に影を作っている。二重のはっきりとした大きな目元のおかげで、化粧がそこまで濃いわけでもないのに華やかな雰囲気がある。そして、首元にはお花のような形をした白いネックレスを付けていた。

一方、真斗さんを見ると女性が持ってきた黒い鞄を片手で持ち上げ、それをじっくりと眺めていた。

黒い皮にはダイヤ模様のような交差状の縫い目が付いており、肩ひも部分は金色のチェーンと黒革紐を組み合わせたような特徴的なデザインだ。フリップ部分にはアルファベットの『C』を左右対称にひっくり返して重ねたような金属が付いている。

随分と個性的な鞄だなあと思って眺めていると、真斗さんが口を開いた。

「シャネルのクラシックハンドバッグですね」

「そう」

書類を書くためにペンを走らせていた女性はちらりと真斗さんを見たが、またすぐに手元へと視線を戻した。僅かに眉を寄せた真斗さんは、フリップを開くと中を覗き込む。

「書けたよ」

暫くすると女性はペンをカウンターの上に置き、鞄を査定している真斗さんへ声をかける。

一方、真剣な眼差しでバックを見つめていた真斗さんは、何やら難しい表情をしたまま顔を上げた。

「これ、うちでは買い取りできないですね」

「え?」

私は驚いて小さく声を上げた。

つくも質店でアルバイトを始めてまだ一ヶ月弱だけれども、これまで『買い取りできない』と断った商品はなかった。勿論、あまり状態がよくないものにただ同然の額を提示することはあったけれど『買い取りできない』ではなかった。

「あー、やっぱり」

女性は真斗さんの答えに特に驚くふうでもなく、落ち着いた様子で返却された鞄を受け取る。そして、何事もなかったかのように持っていた紙袋にその鞄を突っ込んだ。

「じゃあ、今の以外をお願い」

何も言われていないのに女性は財布から運転免許証を取り出し、記入済みの用紙と一緒に真斗さんへと差し出した。

「かしこまりました」

立ち上がった真斗さんは免許証とその紙を見比べながら、鉛筆でチェックを入れてゆく。高価な古物を買い取る際は盗品である可能性もあるので、必ず本人確認が必要になるのだ。

「前回から変わってないよ」

「みたいですね。こちらはお返しします」

真斗さんは免許証を女性に返却すると、カウンターの上に置かれたお店用のパソコンをカタカタと操作する。そして、店の奥に戻ると封筒に札束を入れて戻ってきた。

「商品九点、合計で十一万円になります。一緒にご確認いただけますか？」

「はーい」

真斗さんが目の前で一万円札を数えていくのを、女性はじっと眺める。そして、十一万円分あることを確認すると、笑顔でそれを受け取った。

「ありがとー。やっぱ、つくもさんは買い取り価格が高くて助かるわ」

「ありがとうございます」

「ねえ、真斗君。今度うちのお店に遊びに来てよ」

「学生なのでお金ないです」

「えー、つれないなぁ。ミユ、真斗君が社会人になるまで頑張らなきゃ」

女性はそう言ってぷうと頬を膨らませると、視線をふいっと移動させる。そして、真斗さんの斜め後ろに立ち女性を眺めていた私とばっちりと目が合うと、表情をぱっと明るくさせた。

「ねえ。もしかして、あなた真斗君の彼女？」

「え⁉　ち、違います！」

「そうなの？　名前は？」

狼狽える私に対し、女性の目は輝きを増した気がするのはなぜ？

「遠野梨花です」

「梨花ちゃんね。見た感じ、大学生だよね？　真斗君の彼女じゃないなら、うちの店でバイトしない？　可愛いから人気出ると思うよー。清楚派で」

「お店でバイト？」

きょとんとして見返すと、真斗さんが私とその女性の間に立つように移動して視界を塞いだ。

「こいつ、そういうのに向いてないんで無理ですね」

「えー？　やってみないとわからないじゃない。学生さんのバイトも多いのよ？　ねえ、気が向いたら来てね。ここからそんなに遠くないから」

　女性は目の前に立つ真斗さんを避けるようにひょっこりと横から顔を出しお店の名前を言う。私と目が合うと赤みの強い口紅の乗った唇が綺麗な弧を描いた。

「じゃ、私行くわ。ありがとねー」

「はい。またよろしくお願いします。一点、買い取りできずに申し訳ございません」

「いいの、いいの。また今度」

　真斗さんが頭を下げたのに合わせて、慌てて私もお辞儀をする。その女性は笑顔でひらひらと手を振り、背を向けた。

　そのときだ。私はその後ろ姿に思わぬものを見つけて「あっ！」と声を上げた。

「ん？　何？」

　女性が怪訝な表情で振り返る。

「あ、いえ。なんでもございません。ありがとうございました」

　慌ててお辞儀すると女性は不思議そうに首を傾げたけれど、すぐに気を取り直したように笑顔で「じゃあ」と言って手を振った。

　ガラガラと音を立てて扉が完全に閉まったことを確認し、私は足下にいたシロを抱き上げる。

「今、付喪神様がいましたね」

「だな。一年くらい前からいる」

真斗さんも短く同意の返事をしたので、間違いないようだ。

先ほど、女性が持っていたショルダーバッグの端には、ちょこんと白い文鳥が乗っていたのだ。あんなところに文鳥が乗っているわけがないから絶対に付喪神様だと思ったけれど、大当たり！

ただ、あの文鳥はフィリップのように喋ったりはせず、つぶらな瞳でこちらを見つめて首を傾げるだけだった。

「付喪神様って鳥が多いんですか？」

「いや、そんなことはない。中には人型もいるよ。俺は持ち主が好きな動物なのかなって思っていたけど、よくわからん」

持ち主が好きな動物？

確かに猫は好きだけど、私は犬も大好きなんだけどな。

なんでシロは白猫なんだろう？　うん、よくわからない。

「あの鞄についた付喪神様なんですかね？」

「いや、違う。鞄じゃなくて多分ネックレスだよ」

「ネックレス？」

私は首を傾げる。そう言えば、先ほどの女性はお花のようなデザインの、大人っぽいけれど可愛らしいネックレスを付けていた。

「遠野さん。これデータ入力したらファイルしといて。あと、商品のサイトアップ用の写真撮って」

「あ、はい」

ぼんやりとしていたら真斗さんに一枚の用紙を渡された。

受けとってみると、先ほどあの女の人が記入した紙だった。これに書かれた顧客データをパソコンに入力して、後はネットショップ用の写真やデータも作らないといけない。

「四元汐里《よつもとしおり》さん……」

私はその用紙を眺め、小さな声で名前を読み上げた。これがさっきの方の名前のようだ。

年齢は二十六歳、住所は東京都台東区《たいとう》――。職業欄には『接客業』と書かれていた。

「真斗さんはさっきの……四元さんとは知り合いなんですか？」

「よく来てくれる常連さんだよ。最初に来てくれたのは俺が高校生のときだったから、もう五、六年前かな。数ヶ月おきくらいに来ては、あんな感じでたくさんの品物を売って行くんだ」

「ふうん。自分のこと『ミユ』って呼んでいましたけど……」

「源氏名だよ。あの人、上野の辺りのキャバクラで働いているから。店の名前、なんだったかな。さっき言っていたけどすぐ忘れる。店では結構売れっ子みたいだよ。うちに売りに来るのはお客さんから貰ったプレゼントみたい」

そう言いながら、真斗さんは今日四元さんが持ち込んだ大量の箱を指さす。私はその箱を眺めながら、眉をひそめた。

「プレゼントを売っちゃって、大丈夫なんですかね？」

「常連さん何人かに同じものを強請《ねだ》るらしいよ。しかも、『買ってください』って強請るんじゃなくて『○○が可愛い』『最近○○が気になっている』みたいに自然に会話に混ぜ込ませて向こうが自発的に買ってくるように仕向けるらしい。全員が同じものをプレゼントしてくれれば、ひとつを残してあとは売れるだろ。それに、それさえ使っておけば全部のお客さんに『自分が贈ったものを使ってくれている』って思わせられるから、気持ちよく過ごしてもらえる」

「へえ！　凄い‼」

なんという高度なテクニック！　そんなこと、考えたことすらなかった。

「お前、やっぱ向いてないな。よくそれで夜の仕事をやろうだなんて思ったよな」

感激に目を輝かせる私を見下ろし、真斗さんは呆れたように小さく嘆息した。

私はうぐっと言葉に詰まる。

その指摘は否定できない。

「……そう言えば、さっき、ひとつ買い取れないって言っていたのはどうしてですか？」

「ああ。あれはイミテーションだね」

「イミテーション？」

「そう。本物に見せかけた、精巧な偽物ってこと」

「偽物……」

いくら法律で禁止していても、高級ブランド品の偽物が出回ることはなかなか完全には撲滅できないということは、私も聞いたことがある。

国内のそういう商品を扱っているネットショップだったり、海外のあまり著作権保護がしっかりしていない国から持ち込んできたり。

高校生だった頃、修学旅行で海外に行く機会があった。帰国の際に、成田空港の税関申告をするゲートの前に『持ち込み禁止品』として毛皮などと共に高級ブランドバックの偽物がショーケースに飾られていたのを思い出す。

「時々あるんだ。ミユさんは自分から高級ブランド品を強請ることはないらしいから、お客さんが自発的に用意したんだろうな」

「ブランド物の偽物って、犯罪じゃないんですか？」

「いや、イミテーションを持って私用に使っているだけじゃ犯罪にはならないよ。そうと知っているのに本物と偽って売ったりしたら犯罪だけどね」

「ミユ、タブンシッテルゾ」

「え⁉」

途中から会話に混じってきたフィリップの一言に、私はギョッとした。

今、『偽物のブランド品をそうと知っていて本物として売ったら犯罪だ』という話を真斗さんがしたばかりなのに！　慌てる私に対し、真斗さんは驚いてはいないようだった。

「そうだな。〝知っている〟というより、〝薄々感づいていた〟って感じじゃないかな。ミユさん、ああいう仕事をしているから本物を目にする機会も多いだろうし。それに、引き取れないって伝えたときに全く落胆している様子がなかったから、もとから売る気なんてなかったんじゃねーかな」

「確かに……」

私は先ほどのミユさんの様子を思い返す。取り引きを断られても落ち着いた様子

で、まるでそうなることを予想していたかのようだった
「つまり、ここで鑑定してもらって偽物だってことを確認したかった？」

「まあ、そういうことだろうな」

真斗さんはもといたパソコンの前に座ると、コップにお茶を注いだ。

「あの鞄さ、正規店舗で本物を買ったら、いくらくらいするか知ってる？　シャネルのクラシックハンドバッグ」

「正規店舗で？」

私は首を傾げる。

「えーっと、一〇万円くらい？」

私はおずおずと予想額を伝える。

シャネルというブランド名は聞いたことがあるし、デパートの高級ブランドが集まっているフロアの一角にあるのを見たことがある。けれど、残念ながら店舗に足を踏み入れたことは一度もない。

革製のノンブランドハンドバッグが二万円くらいとして、高級ブランド品ならその五倍くらいかな、と思ったのだ。

「はずれ。その六倍以上」

「六倍⁉」

あまりに高額で、私は大きな声で聞き返してしまった。六倍って、六〇万円ってこと？　六〇万円！　時給一〇〇〇円のバイトを六〇〇時間やってようやくハンドバッグひとつ⁉

「た、高い……」

「高いかどうかはその人の価値観によるんじゃねーかな。現に、その額を払っても持ちたいと思う人がたくさんいるわけだし、質屋市場でも人気がある定番なんだ。マトラッセって呼ばれるシリーズでさ、あの皮のダイヤ柄が特徴。皮はラムだけど最高級品を使用しているし、裁縫も繊細かつ丁寧だ。それに、デザインが洗練されている」

真斗さんは先ほどのバッグについて説明する。

男性なのに女性向けブランド品のことについてすらすらと喋れるあたり、さすがは質屋の息子だ。

「ただ、だからってそれのイミテーションを作って売るなんて論外だし、そうと知っていて購入した物をまるで本物のように見せかけて人にプレゼントするのもどうかと思うよな。多分、ミユさんともっと親しくなりたくて、たいして何も考えずにやったんだろうけどさ。遠野さんが言うとおり、犯罪になる可能性だってある。何よりも、そのブランドが長年かけて築いてきた消費者からの信頼や価値を損ねることにもなる。ああいうのってさ、デザイナーが色んな思いを込めて世の中に送り出しているんだよ」

強い不愉快を表すかのように、語気が荒くなる。

真斗さんは小さく嘆息すると、カウンターの中から貴金属を拭くクロスを取り出し、今買い取ったばかりの商品を丁寧に拭き始めた。そして、店舗の一角、綺麗に清掃されたシンプルな台にそれを置く。

私はデジタルカメラを手にそこに寄ると、画面を覗いて構えた。カシャっと撮影効果音が鳴る。

モニターの向こうでは、小さな石が付いたネックレスが照明の下で輝いていた。横に置かれた箱には、女子大生である私にも馴染みがある割と手の届きやすいアクセサリーブランドのロゴが入っていた。

「これは庶民的なんですね」

「さっきも言ったけど、そんなに高いプレゼントは強請らないみたいだよ。お客さんの負担になって店に来てもらえなくなったら困るだろ？　これまでの買い取りした商品を見ると――あくまでも俺の感覚だけど――数万円程度かな。今遠野さんが撮影しているそれも、定価で三万弱だと思う」

真斗さんは四元さんが持ち込んだ別のアクセサリーを拭きながら、答える。

「へえ……」

やっぱり、もの凄い高度なテクニックだ。私には一生かけてもできそうにない。

結局、私はひとつの商品に付き三〜五枚、合計四〇枚近くの写真を撮影した。

最初に見たネックレス以外は、アクセサリーっぽいデザインの腕時計、ポーチや銀製のブックマークなどで、真斗さんが言うとおり、目玉が飛び出るような高級品はなかった。そして、ブックマークに至っては同じものが三つあった。

それらの写真をつくも質店のネットショップに掲載するために、パソコンの下書きに保存する。商品名や商品紹介の部分は真斗さんが考えてくれる文章をキーボードに入力した。

「さっき付喪神様がいたじゃないですか。文鳥の」

作業しながら私は先ほどの女の人を思い浮かべた。

大きなグレーの革製ショルダーバッグの脇には、小さな白い文鳥が乗っていた。

「そうだな。あのネックレスに思い入れがあるんだろ」

「どうしてあの子がネックレスの付喪神様ってわかるんですか？」

「あの付喪神がそう言っていた」

真斗さんはそう言いながら、傍らに数字が羅列した何やら難しそうなデータが載った資料を置き、レポートの作成を始めた。

何かと聞けば、二週間に一回行われる研究室の進捗報告会で使うパワーポイントを作っているのだと言った。忙しそうなところを話しかけてよいものかと迷うけれど、興味があるからおずおずと声をかける。

「真斗さんはなんで都市……都市？」

「都市デザイン工学」

「ああ、それ。都市デザイン工学を学ぼうと思ったんですか？」

「なんで？」

真斗さんはタイプしていた手を止めると、不思議そうにこちらを見つめる。

「そりゃ、興味があるからだろ。やりたいから」

「でも、将来はつくも質店を継ぐんですよね？」

「そうだけど、俺は自分の好きな仕事もするつもり」

「へ？」

「俺、普通に自分がやりたい仕事するよ。大学に残って研究者になりたい」

「ええ!?」

私は驚いて、思わず大きな声を出してしまった。声に驚いてバサバサッと羽を羽ばたかせたフィリップに「リカ、コエオッキスギネ」と窘められ、慌てて口を手で覆う。

「つくも質店は？　継がないの？」

少し身を乗り出して小声で聞くと、真斗さんは小さく首を振った。

「働いていても手伝いはできるし、親父が現役だから。うちの親父、まだ五〇過ぎだからあと二〇年は現役でいけるだろ。それに、研究者なら比較的時間の調整を付けやすいし、人を雇うとかすれば俺が店に立つ必要もないし」

あっけらかんと答える真斗さんにちょっと唖然としてしまった。

私はてっきり、修士課程を修了後は真斗さんがここでフルタイムで働き始め、ゆくゆくはつくも質店を継ぐのだと思っていた。けれど、今の話を聞く限り、真斗さんは自分の希望の進路に進み、かつ、このつくも質店も存続させるつもりでいるらしい。研究者ということは、博士課程まで進むつもりだろうか。

「欲張りだ」

「欲張りでいいんだよ。できっこないって決めてかかると、人生損する」

「ソウダヨ、ソンスル。マサルハイツモチャレンジャーネ」

フィリップが首を小刻みに振りながら真斗さんの言葉を真似する。

フィリップの宿る時計の持ち主である『マサル』なる人が何にチャレンジしているのかは全く持って不明だけれど、フィリップは真斗さんの意見に賛成らしい。

私は言葉を詰まらせた。

できっこないって決めてかかると、人生損する、か。

確かにそうかもしれない。

いつの時代だって、大きく羽ばたいて行った人は、多くの人が無理だと笑うようなことに果敢にチャレンジし続けた人達だ。つい一〇〇年前の人達は、今の時代の当たり前が当たり前ではなかった。

ノーベル賞を取るような学者さんだって、若い頃に『こんなことはできっこない』と周囲から笑われた人もいると聞いたことがあるし——。

そこまで壮大な話ではないにしても、私にできるチャレンジといえば、なんだろう？

お祖父ちゃんとお祖母ちゃんが元気なうちに、もう一度どっかの小説コンテストで受賞したいな、という思いが湧き起こる。けれど、まだなかなか以前のように手は動かない。

でも、いつか、ほんの小さな賞でもいいから、もう一度「梨花は凄いなぁ」と言って笑う祖父母の顔が見たいと思った。

◇◇◇

つくも質店のある文京区本郷の無縁坂は、坂を上れば地下鉄大江戸線と丸ノ内線の通る『本郷三丁目《ほんごうさんちょうめ》』駅、坂を下れば地下鉄千代田線の『湯島』駅がある。

アルバイトをしてからの帰り道、私はいつも湯島駅を使っていた。

情緒溢れる坂を下れば、ものの五分程度で湯島駅まで到着する。その湯島駅だが、実は上野公園の最寄り駅のひとつであることを知る人は、この辺りの地理に詳しい人でなければあまりいない。

その日、いつものようにつくも質店からの帰り道に無縁坂を下った私は、道路の向こう、不忍通りを挟んで反対側に池が見えることに気が付いた。上野公園の中にある、不忍池だ。

珍しく昼間に手伝いに来たので、まだ日は高かった。いつもなら夕方で薄暗いので気が付かなかったけれど、つくも質店から上野公園は意外と近いのだ。

横断歩道を待つ間、そこから見える不忍池を眺める。池にはたくさんの蓮が生えているのか、緑色に繋っているように見えた。

時計を見ると、時刻は午後三時半。日の入りが早くなってきたとはいえ、まだ時間はある。そう思った私は、少し寄り道をすることにした。

「さすがにファミリーとカップルが多いなぁ」

湯島駅側から上野公園に入ると、最初に目に入るのは広大な不忍池だ。

道路の向こうから見ると蓮だらけのように見えたけれど、池が大きいのでそれはごく一部に過ぎなかったようだ。両側に池を眺めるように通った遊歩道を歩くと、左側のたっぷりと水を湛えた池には、ちらほらと手漕ぎボートやスワンボートが浮いているのが見えた。

あのスワンボート、楽しそうに見えて漕ぐのが自転車みたいでめちゃくちゃ大変なんだよなぁ、なんて、数年前に山中湖《やまなか》に家族旅行で行ってボートを漕いだ日のことが思い浮かんで口元が綻ぶ。


その池の遊歩道を歩き始めてすぐ、私は気になるものを見つけた。

池の合間の中島のような場所に、八角形の不思議な建物があるのだ。水色の屋根に赤い柱、白い壁はなんとなく中華風な感じ。

中国になんて行ったことはないけれど、イメージ的にね。

近づいてみると、それは神社だった。

参道の脇にある掲示を見ると『不忍池辯天堂《べんてんどう》』と書かれている。七福神の一柱、

「弁財天《べんざいてん》」を祀っているという。

　音楽と芸能の守り神らしいのだけど、『芸能』には文才も含まれるだろうか？　含まれているといいなと思いながら、せっかくなのでお参りしておいた。

　その後、参道を逆行するように上野駅方向へと歩いてゆくと、すぐ近くに上野動物園の入口があることに気が付いた。『弁天門』と書かれている。

　上野動物園には『表門』と『池之端《いけのはた》門』があるのは知っていたけれど、こんなところにも出入りできる門があるとは知らなかった。

　弁天門からは週末の余暇を動物園で過ごした子供連れの家族が出てくるのが見える。中のお土産屋さんで買ってもらったのか、母親に手を引かれるワンピース姿の女の子は腕にペンギンのぬいぐるみを抱きしめていた。

「久しぶりに行きたいなぁ」

　動物園に行ったのなんて、いつが最後だろう。

　小学生の頃の遠足が最後のような気がするから、かれこれ一〇年近く行っていないことになる。そういえば、上野動物園でパンダの赤ちゃんが生まれたなんてニュースが以前流れていたことを思い出す。もうあれからだいぶ経つから、あの赤ちゃんもすっかり大きくなったことだろう。

　私は時計をちらっと確認する。

辯天堂に寄ったので思った以上に時間を使ってしまったようで、時刻は午後四時半を指していた。寒さが身に染みるようになってきた今の季節、いつの間にか陽も傾き、西日が人々の行き交う公園の通りをオレンジ色に照らしている。

「これは後日、仕切り直しかな」

後日ネットで調べて知ったけれど、そもそも上野動物園は午後四時で入園終了らしい。このときはそんなことは知らなかった私だけれど、この夕暮れの時間帯にこれから動物園を回るのは無理だと思って泣く泣く諦めた選択は、結果的には大正解だったようだ。

つくも質店にお手伝いに来ている限り、また昼間の時間帯にここを寄ることもあるだろう。

私は周囲を見渡す。

なんとなくの人の流れはあるけれど、正確な駅の場所を確認するために鞄からスマホを取り出した。地図アプリを確認すると、今いる大きな上野公園の中には、博物館や美術館もあると表示されていた。

（今度、ゆっくり回ってみようかな……）

街に出てわいわいする休日も楽しいけれど、ゆっくりとこんなふうに過ごす休日も悪くない。なんなら、仲良しの亜美ちゃんを誘ってもいいかもしれない。

少しだけ寄り道して公園内にあるコーヒーチェーン店でラテを購入すると、店員さんに笑顔で手渡された。

紙コップ越しに、冷たい手がほんのりと温まる。一口含むと、口の中に甘い味わいが広がった。

「よし、帰るか」

暫く休憩した私は、紙カップ片手に人の流れに乗って駅へと向かった。


私がいた場所からJRの上野駅の公園口改札までは、国立西洋美術館を左手に見ながら大通りを歩いて五分もかからなかった。

けれど、たまにはお店でも覗いてみようかと思った私は、公園口改札よりもお店がたくさん集中している正面玄関口改札までぐるりと回り道をすることにした。

なんだか今日は、ひたすら歩いている気がする。

けれど、秋の空気が気持ちよくってちっとも疲れは感じない。

見上げた大通り沿いの木々の葉は夕暮れに染まる空とは対照的に、大部分がまだ青々としている。一面に赤や黄色に色付いた景色を見るまではもう少しかかるようだ。

ところで、上野駅の正面玄関改札口から車通りの多い大通りを挟んで向かいには、大型の商業施設がある。そこに向かおうと横断歩道を渡り終えた私は、「あれ？」という声が聞こえた気がして振り返った。

交差点の近くの歩道の端には、しっかりとしたお化粧をした綺麗な女の人が立っていた。くるりんと巻かれた毛先のカールが決まっている。

「あれー。やっぱり！　ねえ、梨花ちゃんだよね!?」

「えっと……」

突然親しげに話しかけてきた女性に私は戸惑った。

こんな綺麗なお姉さん、知らないんだけど……。

お姉さんは戸惑う私を見て何かを悟ったようで、くすっと笑った。

「私、以前つくも質店で前に会った四元だよ。今は『ミユ』だけど。忘れちゃったかな？」

私は目の前のお姉さんをじっと見上げる。大きな目にしっかりと重ねられたアイシャドウ。赤い唇は以前あったときよりもずっと妖艶に見える。

けど……。

「四元……。ミユさん？」

「そうそう。思い出した？　わあ、嬉しい！　もしかして、うちのお店を見に来てくれたの？」

ミユさんは長い睫毛に縁取られた大きな瞳を輝かせると、ぎゅっと私の手を握る。デパートの化粧品売り場みたいな香水の匂いがふわっと香った。

「へ？　え？　ち、違います！」

「えー、違うの？」

「はい。バイトの帰りにたまたま通りかかっただけで……」

「なーんだ。残念だなぁ」

慌てふためく私を見て、ミユさんは残念そうに口を尖らせた。

つくも質店からここまではそれなりに距離がある。何をしていたのかと不思議がられたので、私は上野公園を散策してきたのだと正直に話した。

「ああ、観光客の人が多いけど、広いからそこまで気にならないし、博物館や美術館もあるから楽しいよね。私、あそこの大通りにある噴水を眺めながらゆっくりするのが好きだな」

ミユさんは納得したように微笑む。

ミユさんは先日のカジュアルな装いとは打って変わり、エレガントな雰囲気のロングドレスを着ていた。膝の上まで入ったスリットから白い足が覗いており、なぜか女の私までドキッとする。

そして胸元には、今日もあのネックレスが輝いていた。

「ミユさんは……、お仕事中ですか？」

「私？　見ての通り」

ロングドレスの裾をちょっと摘まんだミユさんは、まるでパーティーに行くかのようにに素敵だった。どこかで夜の仕事をする女性を『夜の蝶』と表現しているのを耳にしたことがあるけれど、目の前にいるミユさんはまさに蝶のように艶やかで綺麗だ。

「華やかですね」

「まぁね。でも、華やかなだけじゃないよ」

ミユさんは肩を竦めてそう呟くと、苦笑いする。

「ねえ、梨花ちゃんは本当に真斗君の彼女じゃないの？」

「違います」

「ふーん。そっか……」

ミユさんは期待外れとでも言いたげに、口角を下げた。

人々の喧騒に混じり合い、横断歩道が青になったことを報せる電子メロディーが聞こえてくる。いつの間にか辺りは薄暗くなり始め、土曜日も仕事だったのか、会社帰りのスーツ姿のサラリーマンが目立ち始めていた。

「私が梨花ちゃんに『うちでバイトしないか』って聞いたとき、真斗君がすぐに止めに入ったじゃない？　だから、違うって言ったけどやっぱりそうなのかなって勝手に思っていたんだけど、違うのかー」

そう言いながら、ミユさんはどこか遠くを眺めるかのように視線を宙に投げた。

その様子を見たら、なんとなく、ミユさんは昔恋人の男性にこの仕事に就くことを反対された、もしくは辞めてほしいと言われたことがあるのかな、と感じた。

ミユさんは腕に嵌まったアクセサリーのような細いデザインの時計を確認する。先日つくも質店に売却したのと同じ時計だ。

「あ。私、そろそろ行かないと。大事なお客さんを待っているの。じゃあね」

「はい、さようなら」

ミユさんは笑顔で手を振ると、横断歩道を渡ってゆく。

その背中を見送ってから、私は当初の目的の商業施設へと向かった。

もうすっかりと冷え込んできたこの季節、店内には冬のあったか小物で溢れていた。マフラー、ストール、手袋、帽子……。ちょうど目に入ったラビットファーのマフラーは、もふもふでびっくりするぐらい手触りがいい。

「六五〇〇円か。買えない額じゃないけど……」

今月のファミレスバイト代が入ったこともあり、お財布の中には一万二〇〇〇円入っている。

健也と別れたこともあり、最近急にお金を使わなくなったので懐はちょっぴり温かい。だけど躊躇《ちゅうちょ》してしまうのは、飯田店長に借金してつくも質店で働かせてもらっているのに、こんなものを買っていいのだろうかという罪悪感があるから。

実はファミレスのバイト代が入った先日、飯田店長に「お金、返したほうがいいですよね」と借りたお金の一部を支払おうとした。

けれど、それは止められてしまった。

「いいんだよ。梨花さんが来てくれて、真斗は助かっているはずだから」

笑ってそう言ってくれたので、出しかけたお札は自分のお財布に舞い戻る。

正直、そう言ってもらえてホッとする自分がいた。

お金云々の問題じゃなくて、シロやタマをもふもふしながら真斗さんやフィリップとお喋りして過ごす（ほとんど喋っているのはフィリップだけどね）時間は想像以上に楽しくて、居ごこちがいいのだ。

散々迷い、ラビットファーはひとまずお預けにする。

何か飯田さん親子に恩返しがしたいなと思い、今度つくも質店にアルバイトに行くときには、上野にある自分のお気に入りの和菓子、『うさぎや』のどらやきか『みはし』のあんみつをお土産に持って行こうと決めた。

◇　◇　◇

一口、口に入れればふんわりとした食感、ほどよい甘さ、蜂蜜のような香り……。

美味しい。やっぱりここのどら焼きはめちゃくちゃ美味しい……。

その日、つくも質店にアルバイトに向かった私はお土産に持参した『うさぎや』のどら焼きを頬張り、感動に浸っていた。一個二〇〇円ちょっとするから学生の私にはなかなかの贅沢品だけれども、それを支払う価値があると思う！

「うーん、美味しい……」

「ソンナニウマイカ？」

「最高ですよ」

「フウン？」

フィリップはほくほくの笑顔でどら焼きを頬張る私を見て、首を傾げる。その横で、真斗さんは無言でどら焼を掴むと大きな口でぱくりと食らいつき、一瞬でお腹に収めてしまった。

「これ食っていい？」

「どうぞ」

残る三つのどら焼きのうちひとつを指差した真斗さんは、私の返事を聞くや否やもくもくと透明フィルムを剥がし、またしても大きな口でかぶりついた。

「甘いの好きなんですね？」

「頭使うと甘いのが欲しくなるだろ？　ブドウ糖を消費するから」

真斗さんはそう言いながらパソコンに向かって作業し、また一口どら焼きを齧る。

「やっぱり、大学院の研究室にいる方は甘党揃いなんですかね？」

きっと、東大の大学院なんて秀才揃いで頭の回転スピードも私の倍くらいだろう。そう思って何気なく口にした言葉に、画面を眺めていた真斗さんが怪訝な表情で顔を上げる。

「調べたことがないから知らない。けど、食べ物の好みなんだから人それぞれだろ」

「そうですよね。真斗さん、お酒は飲むんですか」

「嗜む程度。なんで？」

「甘党の人はお酒を飲まないって聞いたことがあるから」

「ああ。実際のところ、どうなんだろうね。酒にも甘いのもあるし――」

そんな会話をしていると、不意にフィリップがバサバサっと羽ばたいた。

「トモダチクル」

「トモダチ？」

入口ではタマがそわそわした様子で行ったり来たりしている。

（友達って誰？）

フィリップに聞こうと思ったそのとき、つくも質店の入口がガラリと開く。

「こんにちは」

「いらっしゃいませ。あっ……」

お客様に対応しようと立ち上がってカウンターに向かった私は、そこにいる人を見て小さく声を上げた。

黒いジャケットにジーンズ姿は前回会ったとき同様にカジュアルだけれど、茶色い髪をくるりんとカールさせしっかりとお化粧をしたその人は――。

「ミユさん！」

ミユさんは私の姿を見つけるとにこりと笑った。

「こんにちは、梨花ちゃん。今日は店長か真斗君いるかな？」

「真斗さんがいます」

私が答えるのとほぼ同時に、奥にいた真斗さんが手を洗ってカウンターまでやって来た。

「こんにちは。今回は随分早いですね」

「うん、ちょっと査定してほしくて」

ミユさんは今まさに自分がつけているネックレスを首元から外すと、それを差し出した。

「これ」

「どちらを？」

お花のような形の白い飾りは、小さなボールを繋げたような金枠に囲まれている。その飾りには、金のチェーンが付いていた。

「ヴァンクリーフ&アーペルのヴィンテージ・アルハンブラですね」

「うん、そう」

返事しながら、ミユさんはそれを手に持った真斗さんの表情を窺うように、じっと見つめている。

（あのネックレス、大事なものじゃないのかな……）

私はその光景を見て不思議に思った。

以前、真斗さんはその物に対する思い入れが強ければ強いほど、また、使用している期間が長ければ長いほど、しっかりとした付喪神様が生まれると言っていた。

まだ小さな文鳥だけど、付喪神様は付喪神様だ。ということは、ミユさんにとって、あのネックレスは大事なものに違いない。

ふわりと頭上を何かが通り抜ける。

その気配を感じてはっと上を見ると、視界の端に白いものが映った。視線を移動させると、以前に見た文鳥型の付喪神様がフィリップの横に降り立った。

一方、真剣な眼差しでネックレスの査定を行っていた真斗さんは、少し難しい表情をしたまま顔を上げた。

「だいぶ使用感があって、傷も多いです。磨くにも限界があるので……。うーん、ランクCかな」

「え？　本物？」

ミユさんは少し目を見開き、意外そうに声を上げた。

「本物ですよ。ただ、この傷と使用感だとそんなにはお出しできません。せいぜい——」

真斗さんはネックレスを見つめながら、査定額を告げる。私には結構な高額提示に思えたけれど、元々のネックレスの値段を知らないので、なんとも言い難い。

「どうされますか？」

「そう……。えっと……、じゃあ、やめておくわ。ごめんなさい」

「承知しました。では、商品はお返しします」

戸惑ったように言葉を詰まらせるミユさんの手元に、真斗さんは綺麗に布で拭いたそのネックレスを差し出した。ミユさんはじっとそれを見つめていたが、おもむろに手に取ると、慣れた手つきで器用に首の後ろで留め具を留めた。

フィリップの横でピヨピヨと鳴いていた白い文鳥も、ミユさんが帰る気配を察知したようで、パタパタと羽ばたいてミユさんの持つ鞄へちょこんと乗る。

「またどうぞ」

「うん、ありがとう。今日は時間だけ取らせちゃって、ごめんね」

ぺこりと頭を下げる真斗さんを見て口元だけ笑ったミユさんは、小さく手を振ると店を後にした。

カツカツとハイヒールが遠ざかってゆく音を確認してから、私はおずおずと真斗さんに話しかける。

「真斗さん、さっきのネックレスって、あの文鳥の付喪神様が付いていた物ですよね……」

「そうだな。けど、ミユさん、売る気なかったよ。だって、本物だって伝えたとき、狼狽えていただろ？　多分、イミテーションだっていう鑑定が出ると思っていたんだろうな」

「ああ、確かにそんな感じはしましたね」

私は先ほどのミユさんの様子を思い返した。

真斗さんから査定結果を聞いたときに、ミユさんは明らかに動揺していた。けれど、それは『ランクC』という低評価に驚いているのではなく、本物だということに驚いているようだった。

高級ブランドを模しているとはいえ、イミテーションであれば価値はほとんどない。ミユさんはそれをよく知っていたはずだ。

どうして偽物だと思っていた物を付喪神様が付くほど大切にしていたのだろう？

そして、どうして今更、その真贋鑑定をしようと思ったのだろう？

「あのネックレスさ――」

真斗さんは喋りながら、誰もいなくなった店内からもといた和室のパソコンの前へ戻る。

「ヴァンクリーフ&アーペルのアルハンブラっていうやつなんだ」

「ふうん。あれ、どこかで見たことある気がしたんですよね。どこだったかな……」

「有名なデザインだから、ファッション雑誌の広告ででも見たんじゃないか？」

真斗さんはそう言いながら、座卓に置きっぱなしになっていた食べかけのどら焼きに手を伸ばす。

「あれって、お花ですかね？」

「四つ葉のクローバーだよ。幸運のシンボルで、ヴァンクリの代表的なデザイン。もう、五〇年以上前からある定番中の定番」

「へえ……。あの白い石も宝石なんですか？」

「白蝶貝《しろちょうがい》」

「しろ……？」

「白蝶貝だよ。マザーオブパールって呼ばれる、真珠を作る貝の貝殻」

白蝶貝が何かわからず怪訝な顔をした私に、真斗さんは丁寧に説明をする。

「ふーん。さすが、よく知っていますね」

「手伝い始めて長いから」

真斗さんは少し照れたように笑った。

先ほど見た、白く輝くクローバーを思い浮かべる。〝幸運のシンボル〟か。なんだか、とても魅力的な響きだ。

持っていたミユさんが偽物だと思い込んでいたところをみると、自分で買ったのではなく、きっとプレゼントだろう。

一体、あれをミユさんに贈った人は、どんな状況で何を思ってプレゼントしたのだろう？

「誰かから、貰ったんですかね？」

「さあな」

「ミユハ、ジュンイチニモラッタンダヨ」

知らないと肩を竦める真斗さんに対し、フィリップはそう言った。

「ジュンイチ？」

私は初めて聞く名前に、訝しげにフィリップに聞き返す。

誰ですか、その〝ジュンイチ〟って。

お勤め先のお客さんだろうか？　純一？　もしくは淳一かな？

それを聞くと、フィリップは首を左右に小刻みに振り、まるで普通のインコのような仕草をした。どうやらそこまでは把握していないらしい。

「なんでフィリップはそんなこと知っているの？」

「サッキ、キイタ」

「さっき？　あの文鳥さんの姿をした付喪神様から？」

「ソウ」

「普通に『ピヨピヨ』としか聞こえなかったけど」

「それはあんたの力の問題と、付喪神の育ち具合の問題だろ」

眉を寄せる私に、真斗さんは呆れたように息をつく。

「私の力と付喪神の育ち具合？」

「そ。前に、そういう系の力が強い人しか付喪神は見えないって言っただろう？　その力」

「育ち具合っていうのは？」

「一般的に付喪神は期間が長ければ長いほど、そして持ち主の思い入れが強ければ強いほど、しっかりと形ある神様に育つ。多分、あの付喪神はまだ生まれてそんなに経ってないいんだろ。俺が気付いたのもせいぜい一年くらい前だし」

「ああ、なるほど……」

私は納得して、頷きながら天井の吊り下げ蛍光灯を眺める。

そのとき、あることに気が付いてしまった。

まさかとは思うけれど、もしかして──。

「真斗さんはあの小鳥さんの『ピヨピヨ』っていう鳴き声が、普通に言葉に聞こえていた？　タマもですか？　もしかして、シロの言うことも聞こえていたりする？」

相変わらず澄ました様子でどら焼きを頬張っていた真斗さんは、最後の一口を口の中に放り込むと、こちらを一瞥してニヤリと笑うと静かに麦茶をすすった。その態度に、疑いは確信に変わる。

「シ、シロ、預けている間になんか言っていました？」

「んー。色々」

「色々……」

色々？　色々って何⁉

もしかして、中学生のときに好きな漫画のキャラに熱烈なラブレターをしたためて、毎週のように出版社に送りつけていたこと？

もしくは、高校生のときにお弁当を食べきれずに怒られるのが嫌で、こっそりと部屋のごみ箱に捨てて、家族大騒ぎの異臭騒ぎを起こしたこと？

まさか、自作小説の登場人物の気持ちになりきるために怪しいコスチュームを自作して、さらには部屋ではその口調を真似るという重度の中二病に罹患《りかん》していたことは言っていないよね⁉

これまでの黒歴史が脳内を駆け巡り、サーっと青ざめる私を見つめ、真斗さんがふっと意味ありげに笑う。

「俺、根津《ねづ》にある『根津のたいやき』のたい焼きが大好きなんだよねー」

も、もしやそれは口止め料ですか？

「…………。い、いやー！」

澄ました顔して麦茶を飲む真斗さんの横で、私は頭を抱えて絶叫したのだった。

◇　◇　◇

すっかりと秋も深まった十一月半ば、木の葉はほんのりと色付き始め、地面をまだら模様に飾り始める。

私は竹ぼうきで玄関から門の入口を掃き終えると、集まった落ち葉をちりとりに乗せた。落ち葉は嵩張るので、用意した四十五リットルのごみ袋はすぐに一杯になってしまう。

「よし、こんなもんでいいかな」

通り沿いと門から玄関までのお客さんから見える範囲を一通り掃除し終え、パンパンと両手を払う。タマが足下で尻尾を振りながらその様子を眺めている。

「綺麗になったでしょ？」

タマは小さな声で「わん」と鳴く。

なんて言っているんだろう。真斗さんはタマが言っていることがわかるようだが、私にはわからない。きっと、「そうだね、綺麗になったね」って言っていると思うことにした。

入口から見て裏手にある屋外物置に竹ぼうきとちりとりをしまうと、店番に戻ろうと飛び石の上を歩き始める。

――ピピッ。

そのとき、鳴き声が聞こえた気がして、私はつと顔を上げた。

「小鳥？　なんの鳥だろ？」

私は陽の光を遮るように目の上に手で傘をつくる。

つくも質店の入口近くにある紅葉の木に留まっていたのは、白い小鳥だった。艶やかな赤の中に混じる白がとても絵になる。

「文鳥かな？　どこかから逃げてきちゃったのかな……」

時々街中で見かける、犬や猫、鳥の写真と共に『この子を探しています』というメッセージが載ったチラシが頭に浮かぶ。

迷子のペットかもしれないと手を伸ばしかけたところで、器用に店の入口の引き戸を開けて中から出てきたシロが、「ニャー」と鳴いた。すると、その鳥はパタパタと羽ばたき、開きかかった引き戸から店の中へと入って行った。

「あっ！」

勝手に店内に入ってしまった。その後ろを追いかけるように、タマも中へと戻ってゆく。

（早く捕まえなくっちゃ！）

慌てて追いかけた私は、店の中で起こっていることを目にして、呆気にとられた。

カウンターの奥、目隠し用の仕切りの向こうでは、予想外の光景が広がっていたのだ。

真斗さんの向かうノートパソコンのモニターの上にちょこんと文鳥が乗っており、ちょうど一人と一羽は目線を合わせて向き合うような格好をしている。そして、何やら議論を交わしていたのだ。

「いつ？」

「ピピッ」

「それ、俺が行ったら、余計に拗れる気がするんだけど」

「ピ、ピピ」

「いや、でもなぁ」

「ピー！」

喋っている。真斗さんが文鳥と会話している！

もしかして、あの文鳥は付喪神様だろうかとすぐに気付く。よくよく見ると、以前、ミユさんと一緒にいた小鳥に似ている。

けど――。

「ピッ、ピピッ」

「あー。わかった、わかったよ」

参ったと言いたげに顔の前に両手を広げて出し、降参ポーズをした真斗さん。その様子を見て満足したのか、文鳥さんはパタパタと飛び立ち、私が開けっぱなしにしていた入口から出ていった。

ふうっと息を吐いた真斗さんはようやく私の存在に気付いたのか、こちらに顔を向け、変な表情をした。

「なんだよ?」

「真斗さん、今、完全に危ない人にしか見えませんでした。だって、文鳥相手に一人でブツブツ言ってるって……」

「ちょっと話していたんだよ」

おかしな人呼ばれされて、真斗さんは顔をしかめる。

「普通の人は付喪神が見えないから大丈夫だろ」

「いやいや。空気相手にブツブツ言っていたら、益々ヤバい人ですよ」

「っ!」

ぐっと言葉を詰まらせた真斗さんは、少し口を尖らせるとフイっとそっぽを向いてしまった。よく見ると、恥ずかしかったのか耳がほんのり赤い。

(なんか、小学生男子みたい)

ちょっと子供みたいな一面に、思わず笑みが漏れる。

私は今日届いた商品に対する宅配買い取りサービスの査定結果をメール送付するために、お店のパソコンを開く。

ちなみに、『宅配買い取りサービス』とは、宅配便で売りたい商品を送付すればつくも質店まで来ることなく商品を売ることができるサービスだ。

ネット上で商品の品名、傷の具合、使用年数などを入力して写真を添付すると、すぐに簡易な査定結果が出る。それで興味を持ってくださった方には宅配買い取りのためのセットを送付して、商品を郵送してもらうのだ。

実物を見て再度正確な査定を行い、問題なければ晴れて買い取りとなる。

遠方に住んでいてつくも質店まで来ることが難しい方向けのサービスだけれども、実は実際にここを訪問する方より宅配買い取りサービスをご利用される方のほうが多い。あとは、サテライトの買取り専門店舗があると飯田店長が言っていた。

もちろん、あくまでもつくも質店では、の話だけれど。

「それで、なんの話をしていたんですか？」

私は正面でパソコンの画面を眺めている真斗さんに声をかける。真斗さんは頬杖をついたまま、セルフレーム眼鏡の奥の目線だけをこちらに向けた。

「ああ、なんか、ミユさんがジュンイチと会うから来いとかなんとか」

「ジュンイチ？　ジュンイチって、確かあのネックレスをプレゼントしてくれた人ですよね？」

「みたいだな。ミユさんがジュンイチを呼び出したから、俺にその場に来いとか言ってた。っていうか、俺、その『ジュンイチ』って人、全然知らねーんだけど……」

真斗さんは気が進まないようで、浮かない顔をして肩を竦める。

ミユさんがジュンイチを呼び出して、会うから、真斗さんに来い？

思わずポカンとして真斗さんを見返してしまった。

真斗さん自身が呼ばれたわけでもなければ、相手のジュンイチさんも知らない人なのに？

それは確かにハードルが高い。私が真斗さんの立場だったとしても、行くのを躊躇すると思う。

「そうだ。あんた一緒に来てよ」

真斗さんはいいことを思いついたとばかりに、私の顔を見つめる。

「ええ⁉　私ですか？　なんで！」

なぜ私が？

真斗さんは付喪神様に呼ばれたけれど、私は呼ばれてないんですけど⁉

「二人で歩いているときに、偶然ミユさんに会ったふうにすればいいだろ？　よし、その作戦でいこう！」

私の心の声を読んだかのように、必死な様子の真斗さんが畳みかける。

どうやら、相当気が進まないらしい。

けど、無視しないあたり、やっぱり真斗さんは人がいい。

◇◇◇

週末の昼間、街はいつも以上に人が溢れていた。

上野駅の正面改札口前の交差点を渡り、先日立ち寄った大型商業施設の前を通り過ぎる。観光地として有名なアメ横の手前で小道を入った場所にあるカフェの店内をガラス越しに覗くと、見覚えのある後ろ姿が見えた。

背中のちょうど真ん中あたりまで伸びた茶色い髪は、今日もくるりんとカールが決まっている。

「いましたよ。あれじゃないですか？」

「だな……」

探偵気分でちょっと楽しくなっている私に対し、横で店内を窺う真斗さんは浮かかない表情を浮かべている。『いなかったら、お役御免で帰れたのに……』という心の声が駄々洩れである。

今、私はミユさんのネックレスに宿る付喪神様からミユさんとジュンイチさんが会う現場に行くようにと言われた真斗さんに同行して、上野駅近くにあるカフェの中をガラス越しに偵察している。

ジュンイチなる人物はまだ待ち合わせ場所に現れていないのか、店内では二人掛けテーブルにミユさんが一人で座ってコーヒーを飲んでいるのが見える。

こういうのって探偵小説にありそうじゃない？

まさか自分がやることになるとは思わなかったので、テンションが上がる。

「まだジュンイチさんは来てないようです！」

「見りゃわかる」

意気揚々と報告する私に対し、真斗さんは相変わらずノリが悪い。

背後から、はぁっとため息が聞こえた。

「仕方がねーな。行くぞ」

不意にぐいっと腕を掴まれ、体がよろめいた。真斗さんが目を輝かせて中を覗き込む私の腕を引いたのだ。

せっかく通り沿いの植木に同化していたのに！

何をするんだと無言で睨みつけると、呆れた顔をされた。

「お前な。目立ちまくってるから。植木の陰に隠れて店内覗く女とか、不審者以外の何者でもないからな」

「植木に同化していませんでした?」

「するわけねーだろ。バカか?」

こめかみを押さえながら、真斗さんはまたため息をつく。そして、もう一度「行くぞ」と言って私の腕を引いた。

ガラス扉が開くと、中からは少しもわっとする暖かな空気が流れてきた。だいぶ寒くなってきたので、この暖かさにホッとする。二つある奥側のレジの店員さんが、笑顔で「いらっしゃいませ。ご注文はお伺いします」と右手を軽く上げている。

「何にする?」

「えーっと、ホットココア」

「了解」

レジに向かった真斗さんが店員さんに「ホットココアとカプチーノお願いします」と告げる。私は慌てて財布を出そうとしたが、ちらりとこちらを見た真斗さんと目が合って片手で制止されてしまった。

「払いますよ」

「いいよ。俺の用事で付き合ってもらっているんだから」

「え？　いいんですか？」

「いいって」

苦笑した真斗さんに「たかだか四〇〇円くらい、素直に奢られとけよ」と笑われてしまった。

二人分の飲み物が乗ったトレーを持った真斗さんが店内の奥へと歩き始めたので、私はおずおずと後を追う。健也と一緒だったときなら全額私が払うシーンだったので、慣れないことに戸惑ってしまう。

「どこに座りますか？」

「どこがいいかな？　様子が見えるようにあの辺り？」

「あんまり近いとうちらってバレちゃいますよ。やっぱり窓越しに覗いていたほうが——」

きょろきょろしながらそんな会話を交わし、座る席を吟味する。

そうこうするうちにスマホを眺めていたミユさんが不意に顔を上げる。タイミング悪くバチっと目が合ってしまい、ミユさんは怪訝な表情をしてからパッと表情を明るくさせた。

「真斗君、梨花ちゃん！」

笑顔で手を振られ、私は『しまった！』と思った。

任務失敗である。

なんてことだ、これだから外から覗こうと言ったのに！

狼狽える私に対し、真斗さんはまるで何事もなかったかのように落ち着いた様子で、ミユさんの横へと歩み寄った。

「こんなところで、偶然ですね」

「本当にね。今まで一回もこの辺で会ったことなかったのに。……今日はどうかしたの？」

ミユさんは私と真斗さんを不思議そうに見比べる。

「ちょっと店の備品を買い出しに来たついでに、休憩です。ここ、いいですか？」

にこりと笑った真斗さんがミユさんのとなりの席を指さすと、ミユさんは「どうぞ」と笑顔で鞄を少し自分のほうへと引き寄せた。

ええ！　まさかのとなりですか⁉

動揺する私に対し、真斗さんは涼しい顔をしてその席に座った。

トレーを置いた机の上にすぐさま白い文鳥――付喪神様が飛んできて、「ピピッ、ピ」と鳴き始める。絶対に何かを喋っているのが聞こえているはずなのに、真斗さんは顔色ひとつ変えずにカプチーノを口へ運んだ。

まあ、ここで反応したら完全におかしな人なんだけど。

「なんの買い出しなの？」

「文房具とか、色々です。四元さんは？」

「私はちょっと人と待ち合わせなんだけど、まだ来ないの」

ミユさんはスマホを確認するように画面を弄ったが、連絡は何も来ていなかったようですぐに画面を下にしてそれをテーブルの上に置いた。

そのとき、鞄が小さく振動していることに気付き、私は自分の鞄の中を覗く。緑色の着信ランプが光っており、画面には『亜美ちゃん』と表示されていた。

「ごめんなさい、ちょっと友達から電話がきたから話してきます」

「ああ、わかった」

私は軽く二人に手を振ると、足早に店の外へと向かった。


スマホを持ったまま出口へと向かった私は、店の外に出てぶるりと身を震わせた。咄嗟に出てきてしまったので上着を着ていない。まだ冬と言うには早いけれど、薄手のニット一枚で過ごせるほど暖かくはない。

お店を出てすぐのところに立つと、ちょうどそこにいた男性と目が合う。二十代後半の、サラリーマンだろうか。短い髪は整髪料で軽く整えられており、清潔感のある人だ。

「もしもしー。どうしたの？」

電話口に出ると、亜美ちゃんの電話の内容は明日の大学の講義の課題がどこだったかを確認するものだった。メッセージだと気付かないかもしれないと思って電話にしたようだ。

今、教科書とノートを持っているわけではないので記憶を頼りに伝えると、亜美ちゃんの教科書にもそれらしきマークがきちんと付けられていたようだ。

「あ、ほんとだ。ちゃんとシャーペンで丸を付けてたよ」

「よかった。そのひとつだけだと思うよ」

「助かった。ありがとー」

そんな会話を終えて、店内へと戻る。

冷えた体が再び暖かな空気に包まれてホッとしたのも束の間、私はそこで繰り広げられている光景に目が点になった。

「どういうことだよっ！」

「だから、別れるって言ったの。一ヶ月も顔見せなかったくせに！」

「だから、それは事情があって――」

「とにかく、話は終わり」

事情はよくわからないが、そこではミユさんと先ほどの男の人が口論をしていた。ミユさんは首に付けていたネックレスを乱暴に外すと、それを男性に突き出した。

「これも返す」

「なっ」

男の人は絶句した後、はたと気付いたように、となりの席で眉間に皺を寄せたまま、どうすればいいのかと思案している真斗さんを睨みつけた。

「こいつが新しい男？　さっき、外から汐里と楽しそうに話しているのが見えたよ」

「まじか。そうくるの？」

突然話を振られた真斗さんは、あり得ないとでも言いたげな表情で口をへの字にする。

「違うわよ。真斗君は今たまたま会ったの！」

「どうだか。話が付かなかったときのために、新しい男つれてきたんじゃないの？」

また口論を始めた二人を見て、これはまずいと思った。既に店内でかなり注目を集めていて、チラチラとそちらを見るお客さんが迷惑そうに眉をひそめている。

「ちょっと、ちょっと。ストーップ！」

私は咄嗟に二人の前に立ち、座っている真斗さんの腕をぐいっと引いた。

「お兄さん、誤解です。この人、私の彼氏です。今、付き合い始めたばかりでラブラブです。だから彼女とは関係ありません。今日はデート中にたまたま会ったんです！」

嘘も方便。とにかく、今はこの場を収めないと！

突然現れた第三者《わたし》の存在に、ミユさんと男性は呆気にとられた表情を浮かべる。

「……………。あのー。とりあえず、店を出ませんか？」

とりあえず、周囲の視線が痛くていたたまれない。

「「…………」」

恥ずかしすぎるから、一刻も早くこの場から立ち去りたい。

半泣きになりそうな私を見つめ、目の前の二人は無言で顔を見合わせた。

◇　◇　◇

前回訪れたときはまだほとんどが緑色で覆われていた上野公園のイチョウやケヤキは、いつの間にか黄色い衣装へと衣替えしている。

真斗さんは私達がいる場所のすぐ近くにあったスターバックスに一人消えてゆくと、暫くして紙袋を下げてこちらにやってきた。

紙カップを渡されると、手のひらからじんわりと温かさが伝わってくる。何も喋らずに黙り込んでいたミユさんと男性も場所を移動してだいぶ落ち着いたのか、素直に真斗さんからカップを受け取っていた。

「それで、何があったんですか？」

おずおずと私がミユさんにそう尋ねると、ミユさんはパッと顔を上げて男性を睨みつけた。

「別れようと思ったの。淳一はもう、私のことなんか興味ないみたいだから――」

「待てよ。なんでそうなる！」

「ちょっと二人とも落ち着きましょうか」

またもや口論が始まりそうになって焦る私の横から、真斗さんが一歩前に出て二人に落ち着けと両手のひらを見せる。真斗さんの肩には文鳥が乗り、さっきからしきりにピーピー鳴いていた。

「つまり、二人の話を聞くと、こういうことですね？　四元さんとあなた……」

「村上《むらかみ》だ」

男の人が低い声で短く答える。

「四元さんと村上さんはお付き合いをしている。けれど、四元さんはもう別れたいと思っている。その理由は、村上さんが一ヶ月以上も四元さんを放置したので、心変わりしたと――」

「心変わりなんてしてない！」

「でも、一ヶ月以上放置はした？」

男の人、もとい、村上さんはぐっと言葉に詰まったが、すぐに口を開いた。

「ＳＮＳで連絡は取っていた」

「でも、電話もくれなくなったじゃない！　前はどんなに空いても週に一度は会いに来てくれたのに、こっちからかけた電話にすら出ないし……」

「出られなかったんだよ！」

語尾にいくにつれて涙声になってきたミユさんに、村上さんが訴える。

そのとき、二人を見守っていた真斗さんが口を開いた。

「わかりました。では、電話に出られなかった事情を教えてもらえますか？」

落ち着いた声で真斗さんに語りかけられた淳一さんは暫く地面を見つめたまま沈黙していたが、黙っていても何も解決しないと悟ったようで深い溜め息をついた。

「サイドワークを始めたんだ。昼間の会社の勤務が終わった後、夜の八時から深夜○時まで。あと、土日も……」

仕事が終わった後に夜八時から深夜○時まで？

しかも、土日も!?　それは完全なるオーバーワークではないだろうかと私は驚いた。

私と同じように感じたのか、はたまた違う理由なのかはわからないが、ミユさんも驚いたように目を見開く。

一方の真斗さんは、そのことを予想していたかのように、ふむと頷いた。

「それは、恐らくお金が必要だったからですよね？」

「ああ」

淳一さんは真斗さんの質問に一瞬渋い顔をして、ぶっきらぼうに答える。真斗さんは落ち着いた様子で先を促した。

「そこまでして、なぜお金が欲しかったんですか？」

淳一さんはまた黙り込む。

そして、口元を歪めてミユさんのほうを見つめた。ミユさんはじっと淳一さんの顔を見つめていたので、二人の視線が絡み合った。

どれくらいそうしていただろう。

すぐ後ろにある噴水が時間の流れを示すように優しい水音を鳴らし、遠くからは時折子供の声が聞こえてきた。

「汐里に渡す指輪が買いたかった……。昔、憧れているって聞いた指輪を」

淳一さんは苦しげにそう漏らした。

その瞬間、ミユさんの元々大きな瞳が零れ落ちそうなくらい見開かれる。信じられないと言いたげに、口元を手で覆う。

そこから淳一さんが語った話は、まだまだ人生経験の乏しい私には到底思いもよらないことだった。

淳一さんとミユさんの出会いは、お店で働く女の子とお店を訪れた客という、ありふれたものだったという。

仕事の関係の接待でお客さんを連れて先輩社員と共に初めてミユさんの働くキャバクラを訪れた淳一さんは、明るく朗らかなミユさんに一目惚れしたそうだ。

少ない給料をやりくりして店に通い、ミユさんと親しくなろうと必死に口説いた。熱意が伝わったのか、はたまたミユさんも元々淳一さんに好意があったのかはわからないが、その後ミユさんと淳一さんは店の外でも会うようになり、いつしか交際へと発展する。

ミユさんは、綺麗で華やかなだけでなく、明るくて親しみやすい魅力的な女性だ。だから、淳一さんは何度かミユさんに、ただでさえ魅力的なミユさんが多くの男性と知り合う今の仕事を「やめてほしい」と伝えたそうだ。

ミユさんが仕事に行くたびに、そして誰かから贈り物をされるたびに、淳一さんの中で『いつかミユさんが他の男性に取られてしまうのでは』という猜疑心と焦燥感が高まる。

けれど、ミユさんは淳一さんがその言葉を告げても曖昧に微笑むだけで、仕事を辞めてはくれなかった。

「……なんで、ミユさんは夜のお仕事を辞めなかったんですか？　凄くこの仕事が好きだったとか？」

話の途中だったけれど、私はおずおずとミユさんに尋ねた。ミユさんは眉尻を下げると力なく首を左右に振った。

「ううん。この仕事が向いているというか、そこそこ人気があったっていうのもあるけど、本当の理由は別。私ね、高校卒業してすぐにこの世界に飛び込んだの。資格も学歴もなければ職歴もこれしかない私を昼間に雇って、ひとり暮らしができるようなお給料をきっちりくれるような会社、きっとあるわけないって思っていたの。それにね、私の同僚もお客さんと付き合い始める人は多いんだけど、長続きしないことも多いんだ。だから、この仕事を辞めて華やかさがなくなったら、淳一もすぐに私に飽きてしまうだろうって思ってた」

「そんなことないっ！」

淳一さんは声を荒らげる。

うーん、よくわからないけれどこの二人がものすごく拗らせていることはわかった。

淳一さんは膝の上にのせた両手を、ぎゅっと握り込む。

「俺、汐里のお客さんに負けたくなくて、ネックレスをプレゼントしたんだ。『お前が貰ってくるプレゼントよりずっといいものを、俺でも買ってやれる』って言いたくてさ。後は、それをつけてくれている間は、ミユであっても汐里は俺の恋人だって示せている気がして、つまらない男の意地で」

「それが、四元さんがいつもつけている、あのアルハンブラですね？」

真斗さんの問いかけに、淳一さんは頷いた。

「……けど、汐里がつい先日、凄い高価な鞄を貰ってきてさ。これはもう太刀打ちできないって思った。だから、指輪を買ってけじめをつけて、汐里には仕事を辞めてもらおうと——」

「指輪を買って、けじめをつける？」

私は意図を確認するように、淳一さんの言葉を聞き返す。

それはつまり——。

「結婚しようって言うつもりだったんだ。だから、とびきりいい指輪を用意しようと思って……」

「…………。あんた、バカだよ。全然、私のことわかってない」

それまでずっと黙って聞いていたミユさんが、ようやく口を開く。大きな瞳の端から、一筋の涙が零れ落ちた。

「汐里……。ごめん……」

淳一さんは汐里さんを見つめ、酷く傷付いたような目をして肩を落とした。

「ほらっ！　また勘違いして！　私、淳一の彼女なんだよ？　なんで一言、そう言ってくれなかったの？　私がプレゼントの値段でホイホイ男変えるとでも思ってたの？」

「違う！」

「じゃあ、なんで！」

「ごめん。ごめん、汐里……」

ぽろぽろと涙を流すミユさんの手を淳一さんが握る。

私と真斗さんは顔を見合わせた。

「村上さん、四元さん。二人でよく話し合ったほうがいいですね」

ミユさんと視線を合わせるようにしゃがみこんでいた淳一さんは、真斗さんを見上げるとしっかりと頷いた。

「ああ、そうするよ。さっきは誤解して暴言を吐いて悪かったね」

「いいえ、大丈夫です」

「ありがとう。汐里、行こうか」

立ち上がった淳一さんが手を引くとミユさんは素直に立ち上がり、ちらっとこちらを見ると照れ笑いのような笑みを浮かべた。

「梨花ちゃん、真斗君、ありがとう」

「いいえ。お幸せに」

「……うん。お二人もね！」

今度は朗らかに笑ったミユさんを見返し、私はなんのことかと首を傾げる。

「だって、付き合っているんでしょ？」

数秒間の沈黙の後に、自分が喫茶店でついた嘘をようやく思い出した。

「いや、えーっと……」

「隠さなくていいのに。お幸せにね！」

後ろめたさから思わず視線をさ迷わせてしまう。

駅の方向へと歩き始めたミユさんは、淳一さんと繋いでいないほうの手を上げると、振り返ってこちらに手を振る。真斗さんの肩にいた文鳥が、パタパタと羽ばたいてミユさんの肩に乗った。

その笑顔はこれまで見たミユさんの表情の中で、一番輝いて見えた。

二人の姿が行き交う人々の陰になり見えなくなると、真斗さんはようやくお役ごめんだと言いたげに、大きく伸びをした。少し傾き始めた陽の光で、地面に影が伸びる。

「さてと。今日はありがとな」

「いえ。…………。あんなに好き同士なのに、なんで拗らせちゃったんでしょう？」

「さあな」

真斗さんは二人が消えていった方角を見つめると、目を細める。

「ミユさん、あの日ネックレスをつくも質店に持ってきただろ？　で、本物だって伝えたら狼狽えていた」

「ああ、そうでしたね」

「たぶん、偽物だって思い込むことで、村上さんが会いに来てくれないことを自分の中で納得させようとしていたんじゃないかと思うんだ」

私は真斗さんの言う意味がわからず、首を傾げて見せた。

「あー。つまりさ、ミユさん、お客さんと付き合っても長続きしないことが多いってさっき言っていただろ？　だから、村上さんのことも大多数のお客と同じような人で、自分のことは最初から遊びのようなもので、一時の戯れだったと思い込もうとしてたんじゃないかと思ったんだ」

「ああ、なるほど……」

私はようやくその意味を理解して、ミユさん達が消えていった大通りを見つめた。

休日の昼時、通りには行き交う人々の笑顔が溢れている。

アルハンブラのクローバーは幸福の象徴。

それを贈ってくれた人が自分に興味を失ったと勘違いしたとき、ミユさんは深く傷ついて最初からその愛情が偽物だったと思い込もうとしたのだろう。

そう思い込むことで、〝よくあることだ〟と自分に言い聞かせて、心を守ろうとしていた。

「それだけ、好きだったんでしょうね。お互いに」

「だろうな。まっ、今度は上手くいくだろ」

真っ黄色に染まった街路樹を見上げていた真斗さんは、私と目が合うと口元を綻ばせた。

「真斗さん、凄いですね。的確に謎解きしていく姿、シャーロックホームズみたいでしたよ」

「半分くらい、あの付喪神から事前に聞いていたことだけどな」

「わかっていますよ。でも、したり顔で仲を取り持っていくところ、なかなか様になっていました」

褒められた真斗さんは悪い気はしなかったようで、こちらを見下ろして目を瞬《またた》かせると、少し照れたように笑う。

「今日、助かったよ。あの店で、遠野さんが機転を利かせてくれなかったら俺が殴られて最悪暴行騒ぎの警察沙汰になっていたかも」

「私、役に立ちました？　よかった！」

「大助かり。まだ三時だから、お礼にどっかで御馳走してやろうか？　駅前の甘味でもいいし、アメ横まで歩いてもいいけど……」

「お礼……。いいんですか？」

思わぬ申し出に、私は目を輝かせる。

お礼をされるような大したことは何もしていないのだけど、さっき動物園で買ったと思われるバルーンを持った子供が通り過ぎるのが目に入って気になっていたのだ。

「私、動物園に行きたいです。付き合ってください」

「動物園？」

「はい。そこから入って、池之端門から出たらつくも質店も近いし、私も帰りの電車に乗りやすいし」

私はそこで言葉を切って、にっと笑って見せる。

「それに、今日は真斗さん、私の彼氏さんでしょ？　デートですよ」

「その設定、まだ続いているの？」

「まあまあ、いいじゃないですか。今日だけです。行きましょ、行きましょ。可愛いパンダが見たいんです」

「パンダが可愛いっていう奴って多いけど、あれ、一応熊だぞ」

「いいんですってば！」

私は真斗さんの腕を引いて上野動物園の正面口へと向かう。

「で、動物園が終わったら『みはし』のあんみつを食べに行きましょうね」

「お前、それ池之端門じゃねーだろ。上野駅じゃねーか。真反対側だ」

あら、バレちゃった。でも、真斗さんが和菓子好きらしいというのはもうわかっていますよ。

「じゃあ、湯島の『みつばち』の小倉あんみつは？　みはしのあんみつは今度、テイクアウトで買って行きます」

はあっとため息と共に「仕方ねーな」とぼやく声が聞こえる。やっぱりちゃんと付き合ってくれるところが、真斗さんらしい。

一番楽しみにしていたパンダの赤ちゃんはすっかり大人と同じサイズになっていて拍子抜けだったけれど、久しぶりの動物園はとっても楽しかった。

第三話　ＭＩＫＩＭＯＴＯ　パールネックレス

段ボール箱に緩衝材を何重にも敷き、その上に商品の箱をそっと重ねて入れる。今日の商品はどちらも割れ物なので、いつも以上に念入りに包装した。

これまでは質屋と言えば高級ブランドの鞄や小物のイメージだったけれど、実は違うものも多い。

例えば、今日発送のために包装したこれは高級ウイスキーと、有名クリスタルガラスメーカー『バカラ』のウイスキーグラスだった。初めて見たときは飲み物も買い取りすることにびっくりした。

真斗さんによると、リサイクル業をする古物商として営業許可を得るには、それに先立ってどの商品を取り扱うか事前に管轄する公安委員会へ届け出する必要があるらしい。

つまり、届け出ていない分類の商品はたとえお客様が持ち込んできても取り引きできず、つくも質店では例えば、骨董品と呼ばれるような美術品は取り扱っていない。

この世界は私の知らないことがたくさんだ。

段ボールの蓋をしてガムテープで止めようとしていると、ガラッと引き戸を開ける音が聞こえてきた。

「お客さんかな？」

私は作業を一時中断して店舗のカウンターへ向かう。

「いらっ――。あ、お帰りなさい」

玄関先にいたのは、飯田店長だった。私と目が合うとにこりと笑い「こんにちは、梨花さん」と言った。

「早いですね」

「思ったより早く終わってね」

出張買い取りに行っていた飯田店長は、荷物を置くと靴ひもを緩め始める。

郵便が届いていたようで、鞄の横に無造作に置かれた郵便物に混じった絵葉書には室内から撮影した見事な紅葉が映し出されていた。上下を部屋の壁に遮られていることで、却って絵画のような美しさを引き立てている。

「わあ。ここ、綺麗ですね」

「綺麗？」

靴を脱いだ飯田店長は、自分の脇に置かれた郵便物の束に目をやり、その絵葉書に気付いたようだ。

「ああ。瑠璃光院《るりこういん》だね」

「そう。京都の叡山電鉄の「八瀬比叡山口駅《やせひえいざんぐち》」にあるよ。秋の紅葉の季節は一般に公開されているみたいで、とても人気があると聞いたことがあるよ」

「京都か。遠いですね……」

京都というと、ここからだと新幹線で三時間くらいだろうか。

この景色の場所はきっと新幹線の駅前ではないだろうから、日帰りだと厳しいだろう。となると、宿泊代もいるから時間だけでなくお金も結構かかる。

行ってみたいけれど、ちょっと厳しそうだ。

「梨花さんは、今年は紅葉を見に行った？」

「この前、真斗さんと上野公園に行く機会があったので、少しだけ見ました。けど、こういう感じではなかったです」

「今ちょうど見ごろだから、見に行って来たらどう？」

「え？　ここへですか？」

私は驚いて飯田店長を見つめた。

今から？　京都まで？

飯田店長は笑って片手を振る。

「瑠璃光院はさすがに遠いね。ここから近い日本庭園と言えば、本駒込《ほんこまごめ》の六義園《りくぎえん》か小《こ》

「石川後楽園（いしかわこうらくえん）だね」

「後楽園って、遊園地ですよね？」

怪訝に思った私は聞き返す。

日本庭園？　この辺で『後楽園』と言えば、東京ドームに隣接する遊園地を指す。入場無料で時間が空いたときなどに手軽に立ち寄れるので、私も時々亜美ちゃんと行ったりする。

「それは『後楽園遊園地』だろ。そうじゃなくって、『小石川後楽園』。水戸徳川家《みとがわ》の江戸上屋敷の庭園だよ。遊園地のすぐ近くにある」と真斗さんの呆れたような声がした。

「水戸徳川家？　水戸徳川家って、もしかして水戸黄門の？」

「そう、それ」

「へえ！　そんなのがあるんですか？　知りませんでした！」

水戸黄門と言えば『この印籠が目に入らぬか～』って言っているのを昔、テレビで見たことがある。

あの遊園地には何度も行ったことがあるけれど、そんな庭園があることにはちっとも気が付かなかった。

「ちょうど今度の週末に行く予定の出張査定の対象品が結構たくさんありそうで、真斗も連れて行くつもりなんだ。梨花さんも手伝ってくれないかな？　場所が神楽坂《かぐらざか》の辺りだから、その前に二人で行って来たらいい」

「なんで俺が？」

真斗さんが眉を寄せて不平を漏らす。

「真斗、小さい頃からあそこが好きだろう？　それに、久しぶりだろう？」

にこにこ顔の飯田店長に諭され、真斗さんは不本意そうながらも「まあ、いいけど」と呟く。

相変わらず人がいい。

これは初めて会ったときに和装姿だったのも頷ける。たぶん、最初は断ったけれど、困って頼み込む友人を見るに見かねて結局引き受けてしまったのだろうな。

その姿の想像がついてしまう。

「でも私、査定作業できませんけど、出張査定に一緒に行っていいんですか？」

「仕分けとか、書類作成とか手伝ってくれればいいよ。かなりの数だから、それだけでも大助かりだ」

「わかりました。じゃあ週末、よろしくお願いします」

私は笑顔でそのお手伝いを引き受けたのだった。

◇　◇　◇

約束の週末、真斗さんとは飯田橋駅《いいだばし》で待ち合わせした。

飯田橋駅は地下鉄とＪＲが通っており、つくも質店からだと本郷三丁目駅から地下鉄大江戸線に乗って二駅、ものの数分で到着する距離にある。

ＪＲ総武線を降りて改札へ向かうと、既に地下鉄で到着していた真斗さんはすぐに見つかった。

ジーンズにグレーのジャケット、スニーカーという格好はどこにでもいそうな二十代前半の男性そのものなのだけど、肩にインコを乗せて、足下にはリードのない柴犬を連れているのだもの！

「真斗さん、お待たせしました」

「いや。大丈夫」

「フィリップとタマも一緒なんですね」

「オレモ、オデカケシタイ」

フィリップは頭を前後に揺らし、ふるふると羽を振るわせる。タマも尻尾をぶんぶんと揺らしていた。

「よし、行くか」

真斗さんのかけ声で、私達は歩き出す。改札を出てすぐに左手に曲がり、大きな歩道橋を渡った。

地面より高い位置を歩きながら辺りを見渡したけれど、見えるのはビルと幹線道路と高速道路ばかり。眼下を行き交う車がけたたましく音を鳴らし、日本庭園とも紅葉ともほど遠い。

「こんなところに、本当に紅葉が見られる庭園があるんですか？」

「あるよ。歩いてすぐ。一本入れば結構静かだよ」

なんの迷いもなくすたすたと歩く真斗さんの横を私もついて行く。

本当かなぁと半信半疑だったけれど、すぐに真斗さんの言う通りだとわかった。

歩道橋を渡り終えて一本細い道に入ると、途端に車通りがなくなる。先ほどの喧騒が嘘のように辺りを静けさが包み、遠くから部活をしている高校生のような声が時折聞こえてきた。

「どっかに学校があるんですかね」

「学校もあるかもしれないけど、これはそこの運動場からじゃないかな」

真斗さんが指さす前方を眺めると、大きなグラウンドがあるのが見えた。ついさっきまでビルしかないような場所にしか見えなかったのに、数分歩けば全く違う景色が広がっていることに、驚きを隠せない。

「庭園はあっちだよ。ほら、ちょっと見えるだろ?」

途中でグラウンドを左手に見ながら道を曲がると、遥か前方に少し人が集まっているのが見えた。その脇には和風の白塗りの塀と、石造りの門があり、門の脇にぶら下がっている提灯には『後楽園』と書かれていた。

そのまま中に入ると入園料を支払うゲートがあり、真斗さんが二人分のチケットを買おうとしていたので慌てて押しのけた。

「この前奢ってもらったんで、今日は私が払います」

チケット売り場で押しのけられて呆気にとられる真斗さんにチケットを渡しながらそう言うと、「律儀な奴」と笑われてしまった。


ゲートをくぐると、そこは私が思い描く通りの日本庭園の景色だった。

砂利の歩道の両脇に木々が茂り、奥には大きな池。

その池の中央には小さな島があり、島の中には赤い社が緑の合間から姿を覗かせている。

入口の案内板にはここの庭園は寛永六年（一六二九年）に造園され、その後火災などを経ては修復され今に至ると記載されていた。

この景色だけを見ると、実際には行ったこともない江戸時代にタイムスリップしたような気持ちになる。背後に見える東京ドームの真っ白な屋根だけが、今は令和なのだと教えてくれた。

切石と玉石を組み合わせた延べ段という中国風の石畳をゆっくりと歩きながら池を眺めると、見事に色づいた紅葉が秋の景色を彩っている。その紅葉が池に映り、鏡のように上下逆の世界を作り出していた。

「綺麗ですね」

「だな」

横を歩く真斗さんは池の方向を眺めると、柔らかく目を細める。何かを懐かしむような、愛おしむような。

「真斗さん、昔っからここが好きなんですか?」

「え?」

「店長がそう言っていたから」

真斗さんは「ああ」と少し照れたようにはにかむと、ゆっくりと歩き出す。

「家から近いからよく来たっていうのと、ここに来ればついでに遊園地に連れて行ってもらえたから。あの遊園地、戦隊ヒーローのイベントをよくやっていたから、好きだったな」

そういいながら、真斗さんは遊園地方向を見る。

なるほど。そういう理由で好きだったのか。

今の真斗さんから戦隊ヒーローに夢中になる姿は想像がつかないけれど、きっととても楽しい思い出なのだろう。

「日本庭園ってさ、小さな空間に山とか池とかがギュギュっと詰まっていて、凄いだろ？」

歩いていた前方に、先ほどとは違う池が現れる。

今度の池は蓮が全体を覆っている。中央にある小島に行くための石橋はすっかりと苔がむし、通行止めになっていた。

「確かにそうですね。四季折々の景色が楽しめるようになっていますものね」

蓮の葉の合間をゆったりと泳ぐ亀の姿を眺めながら、私は頷く。亀は岩に上がると、甲羅を乾かすためかそこでじっと止まった。

「うん。癒やされるっていうか。俺、こういうのを作りたいんだよね」

「こういうの？　庭をですか？」

私は意外な話に真斗さんを見上げる。本当は庭師になりたかったのだろうか？

「最近さ、超高層ビルが多いだろ？　超高層ビルの根本部分には『公開空地』っていう、ある一定以上の空間を作るんだ。そういう公開空地を公園にすることも増えてきてさ、最近だと――」

真斗さんは最近完成した大型ビルの名前をいくつか挙げる。

どれも開業のときにテレビの話題を賑わせた、大規模再開発の物件だ。ふと、つくも質店で働き始めたばかりの頃に真斗さんが言っていた言葉が蘇る。

「前に言っていた、〝自然と融合する都市をデザインする〟ですか？」

「そう。コンクリートジャングルだけじゃない都市を作る」

そう言うと、横を歩いていた真斗さんは視線を斜め上に投げる。

そこには隣接する東京ドームシティの大型ホテルのビルが見えた。

なるほど、あんな巨大ビルの横にはこんな素敵な日本庭園。

これはたまたま位置関係がこうなっただけだろうけれど、そういう姿が自然にある都市をデザインしたいということなのだろう。最新鋭のテクノロジーと人々の憩いの場が融合した都市を。

「素敵ですね」

「だろ？」

真斗さんは嬉しそうに笑うと空を眺める。

優しい風が吹き、真っ赤に色づいた紅葉の葉がふわりふわりと舞った。

暫く庭園の散策を楽しんでいると、不意に真斗さんの肩に留まっていたフィリップが羽をバタバタさせた。

「マナト、ジカンダ」

「お、もうそんなに経ったんだ。教えてくれて、ありがとな」

真斗さんは慌ててスマホを取り出して時間を確認する。横から画面を覗くと、確かに店長と約束した時間の三〇分前だった。

「フィリップ、よく気が付いたね」

感心していると、フィリップは得意げに首を揺らす。

「オレ、トケイダカラナ」

「あ、前にそう言っていたね。フィリップはどんな時計なの？」

「カッコイイ、ウデドケイダ」

「ふーん」

実は、フィリップが宿るというその『カッコイイ時計』を私はまだ見たことがない。

つくも質店の質草（お客様から預かった商品のこと）は、専用の大きな耐火・防犯金庫に保管されているので、滅多なことでは見られないのだ。

◇　◇　◇

今日お伺いする予定の土屋《つちや》様のお宅は、飯田橋から地下鉄でひとつとなり、神楽坂駅から少し歩いた路地にあった。

飯田店長と待ち合わせして三人で向かった先は、そこそこ大きな一戸建ての住宅だった。この辺りでは今時珍しい瓦屋根の二階建てで、小さいながらも庭が付いている。

都心の一等地であることを考えると、かなり立派な家だと言える。門の表札には今回の依頼主の名字と同じ『土屋』と書かれていた。

「こんにちは」

インターホンを押すと、すぐに四十代半ばくらいの年頃の男性が顔を出した。背筋はピシッと伸びていて若々しい雰囲気があるが、左眉の上あたりで左右に分けられている髪には僅かに白髪が交じり始めている。

その男性——土屋さんは飯田店長の顔を見るなり「久しぶりですね。わざわざすいません」と表情を和らげてスリッパを勧めた。

私は玄関から中をざっと見渡した。

大きめの玄関には腰までの高さの靴棚が設置され、その上には北海道土産でよく見かける、鮭を咥えた熊の木彫り人形があった。その横には、年季が入って色が濃くなった何体かのこけし人形が置かれている。

ガラスケースに入った花は造花だろうか、独特の黄色と紫色をしており、そのケースはほんのりと埃を被っている。そして、正面の壁には鳩時計がかかっていた。

靴箱とは反対側の壁際には小さな台が置かれ、その上にはガラス製の水槽が置かれていた。中では赤い金魚が二匹、悠然と泳いでいる。

タマとシロはその金魚が気になるようで、二匹並んでじーっと見つめている。

（なんだろう、この雰囲気……）

どこか懐かしいような住宅にスリッパを借りて上がると、部屋にはダンボール箱がいくつか置かれていた。

「もう、荷物は整理し終わったのか？」

「だいたいは、ですよ」

土屋さんと飯田店長は二人でお喋りをしながら、家の奥へと進む。この砕けた雰囲気は、元々知り合いなのだろうか。

通された和室の座卓の上には、いくつかの箱や鞄が置かれていた。

「ここと別の部屋に分けて置いてあります。量が多くてね」

「よし、わかった。じゃあ真斗、ここは任せていいか？」

「ああ。大丈夫」と真斗さんは頷く。

「梨花さんは真斗の手伝いをしてくれるかな？」

「わかりました」

私も頷くと、二人はにこりと微笑んで部屋を後にした。

「店長と土屋さんって、お知り合いですか？」

「なんか、昔からの知り合いみたいだよ。現役時代はほとんど被っていないけれど、大学のサークルの後輩とか聞いた気がする」

「ああ、それで」

二人の気安い雰囲気に、ようやく合点する。旧知の中であればあの砕けた口調も頷ける。

私は鞄から買い取り用の査定を行うためのメモを取り出した。ここに、真斗さんが言うことを転記していくのだ。

「金魚、好きなの？」

「え？」

メモの準備をしていると、なんの脈絡もなく真斗さんが聞いてきた。顔を上げると、真斗さんは畳に胡坐をかいて座り、こちらを眺めている。

「さっき、玄関でじーっと見ていたから」

「ああ。昔飼っていたんですよ。お祭りの金魚すくいで掬ったやつを。金魚って、人に懐くんですよ」

先ほど、玄関に金魚がいたのでついつい眺めてしまったことを思い出した。

昔、小学生のときに近所のお祭りの金魚すくいで掬った金魚を飼っていて、餌をあげたり水を綺麗にしたりするのは私の仕事だった。

「懐く？」

「私が水槽の前に来ると、水の表面に上がってくるようになりました」

「それ、懐いているんじゃなくて、エサが欲しいだけじゃねーの？」

「どっちでもいいんですよ。可愛いから」

私が口を尖らせると、真斗さんはくくっと笑う。そして、気を取り直したように、積まれている本日の査定対象品に手を伸ばした。

「最初は『濱野《はまの》』のロイヤルモデル。正面左下傷あり」

真斗さんは黒色の革製ハンドバッグを手に持ち、状態を確認していく。黒い鞄は持ち手部分には金色の丸い金具がついており、しっかりとした形はとても上品な印象を受けた。

しかし、毎度毎度思うけれど、よくこんなにすらすらと色々な鞄の名前が出てくるものだと感心してしまう。今日なんの商品があるかを事前に知っていたわけでもないはずだから、全部頭の中に入っているのだろうか。

その後も黙々と作業をしていたが、だいたいの商品を査定し終えたところで、真斗さんがふと手を止める。クロコダイルのような革製の茶色い鞄を睨んだまま、腕を伸ばして少し離して眺めたり、裏返したりしている。

「ちょっと、親父に相談したいから待っていて」

「はい、わかりました」

真斗さんがその鞄を持ったまま立ち上がる。

私はその後ろ姿を見送りながら、珍しいこともあるものだなと思った。

相談に行くということは、多分、自分の査定に自信がなかったのだろう。いつもだったらすらすら査定していくのに。

とは言っても、真斗さんはまだ二十三歳だ。質屋歴ウン十年の飯田店長に比べると、経験も浅いから不安になることもあるのだろう。

私は暇を持て余すように、まだ査定していない箱を何気なく手に取った。残りはあとひとつだけ。クリーム色のベロアのような生地の箱を開けると、中から現れたのは――。

「わあ、綺麗……」

室内の蛍光灯の下で鈍く光るのは、粒の大きさがしっかりと揃った真円の真珠のネックレスだった。

箱の白い蓋の裏には銀色の文字で『MIKIMOTO』と書かれている。そして、ネックレスには銀色に輝く、小さな『M』のエンブレムが付いていた。『M』の上には小さな円がついている。

「綺麗でしょ？」

うっとりとそれを眺めていた私は、突然話しかけられてびくっとした。

ふと横を見ると、幼稚園児くらいの年頃の女の子がにこにこしながらこちらを見つめている。白いワンピースを着ていて、髪の毛は顎のあたりで綺麗にカットされている。土屋さんのお孫さん、もしくはお子さんだろうか？

「うん、とても素敵ね」

「凄く大事にしてくれていたのよ。ちゃんと、糸も定期的に交換してお手入れしてくれていたの」

「へえ」

真珠のネックレスって、定期的に糸を交換するものなんだ。ちっとも知らなかった。

笑顔でそう教えてくれる女の子の話を聞きながら、私はふと疑問を覚えた。

そんなに大事にしている物を、土屋さんは売ってしまうのだろうか。

「これ……」

「新しい持ち主のところにいくんでしょ？」

女の子は「知っているよ」と言いたげに、にこりと笑って私を見つめる。

「とっておけば、あなた……」

「名前は……。うーん、ミキでいいよ」

「ミキちゃんが使えるかもしれないのに」

私の呟きに、目の前の女の子――ミキちゃんは驚いたように目をみはる。そして、くすくすと笑いだした。

「私？　私は無理だよ。だって、自分じゃつけられない。誰かに使ってもらわないと」

その言い方で、ピンと来た。

もしかして、突然現れたこの女の子は――。

「ミキちゃんは、付喪神様？」

「正解！　私、自分とお喋りできる人と初めて会ったよ」

ミキちゃんは嬉しそうに両手を合わせると、満面に笑みを浮かべる。そして、部屋で私と一緒にいたフィリップやシロ、タマにも「こんにちは」と言った。

私は正直、驚いた。

今まで出会った付喪神様は小鳥とかインコとか猫とか、全部小動物だったから。

『人型もいるよ』と真斗さんから聞いてはいたものの、まさか、本当にこんなしっかりとした人型の付喪神様に出会えるなんて。

それと同時に、疑問を覚えた。

付喪神様は、使用している期間が長ければ長いほど、そして、思い入れが強ければ強いほど、成長するという。

ならば、こんなにしっかりと育った付喪神様の宿るこのパールネックレスの持ち主の土屋さんの奥様（？）は、このネックレスをとても大事にしているはずなのだ。

「ミキちゃんは、売られて嫌じゃないの？　大事にされていたんでしょ？」

ミキちゃんは不思議そうに私を見返すと、「うん、大事にしてもらっていたよ」と笑う。

「どんなに大事にされていたか、お姉ちゃんにだけ、見せてあげる」

そう言って手を引かれた瞬間、周囲がぐにゃりと歪むのを感じた。

◇　◇　◇

ふと気が付くと、知らない町にいた。

周囲には人がたくさんいるのだけど、服装がなんとなく違う。これは、テレビで見たことがある高度経済成長期の――。

大通りに行き交う人々は、誰ひとりとしてここでは少し異色な格好をした私には気が付かない。

「お姉ちゃん、こっちだよ」

いつの間にか横にいた、ミキちゃんに手を引かれる。連れてこられたのは、真っ白の石造りのお洒落な外観の建物だった。

「これ、なんのお店?」

「私が路子《ミチコ》のために買われたお店」

「路子?」

ミキちゃんはそう言うと、ドアをするりと通り抜ける。手を握られたままの私は『ぶつかる!』とぎゅっと目を閉じたけれど、衝撃はやってこなかった。

そっと目を開けると、そこにはショーケースとその前で商品を吟味する身なりのよい親子がいた。

　中心にいてショーケースの中を見つめているのはクリーム色のワンピース姿の若い女性――年齢的には二十代前半だろうか。少しだけウェーブのかかった黒い髪を真ん中分けに纏めあげ、興奮からか、白い肌は僅かに紅潮している。

　その傍らには、十代前半と思しき紺色のワンピース姿の女の子がいた。となりにいる四〇歳前後の女性は落ち着いた雰囲気の着物を着ており、男性はズボンにジャケット姿だ。

「あれが路子さん？」

「そうだよ」

　私が中心にいる若い女性を指すと、ミキちゃんはにこりと笑う。

　一方、路子さんは熱心にショーケースを眺め、中の商品を指さしている。

「こちらでよろしいでしょうか？」

　手袋をつけた店員がショーケースからネックレスを取り出す。そして、路子さんに後ろを向かせると、それを首元に付けてあげていた。

「あ、あれ……」

　私は小さな声を洩らす。そのネックレスに見覚えがあったのだ。

　真っ白に輝く真珠が数珠状に連なり、首元で艶やかな輝きを放っている。ほどよい粒の大きさのそれは、ただの白なのに圧倒的な存在感があった。

「素敵ね」と路子さんが感嘆の声を漏らす。

「お姉ちゃん、綺麗！」

「とてもお似合いですよ」

妹さんの言葉に路子さんが口元を綻ばせると、店員さんもにっこりと微笑む。

店員さんが出した何種類かの粒の大きさや長さが微妙に違うデザインを試していた路子さんは、最後にもう一度最初と同じものをつける。そして、「これがいいわ」と笑顔を見せた。

帰り際、店員さんは商品の入った袋を手渡すと、路子さんとご家族に「ご結婚おめでとうございます。当店をお選びいただき、誠にありがとうございました」と告げた。すると路子さんも「ありがとう」と言い、嬉し恥ずかしそうにはにかんだ。

（誰かと結婚するのかな？）

私は両親と思しき男女と共に店を後にした路子さんの後ろ姿を見送った。


不意に視界が切り替わる。

気が付くと、私の周りには着飾った多くの人々がいた。

「えっと、ここ……」

振り返ると、そこには小学校の校舎が見えた。

「入学式？」

学校の入口には『入学式』と書かれた白い立て看板が置かれ、看板の周囲はピンク色の花紙で作った大きな花で飾られていた。

校門からは親に手を引かれた子供達が続々と中へと入って行く。お決まりのように女の子は赤、男の子は黒のランドセルを背負っているのが印象的だ。

戸惑っていると、くいっと手を引かれる。

ミキちゃんが指さした先には、さっき見たときよりも少し大人びた路子さんがいて、小さな男の子の手を引いている。男の子は初登校に緊張しているのか、少し強張った表情をしていた。体に対してランドセルがやけに大きく見える。

男の子の緊張をほぐすように、路子さんはちょっと屈んでその顔を覗き込んだ。首元に白く輝く真珠が揺れる。路子さんが何か一、二言告げると、男の子は周囲を見回して表情を明るくした。そして、手を握ったまま笑顔で体育館へと消えていった。

また視界が切り替わる。

今度は……結婚式だろうか。何度か行ったことがあるので見覚えのある明治神宮の境内を、神職と巫女に誘導された花嫁と花婿が歩いていた。

白無垢姿の花嫁と黒色の紋付き袴姿の花婿。そこにかざされた朱色の傘が、色鮮やかに二人の門出を彩る。

そのすぐ後ろを歩く女性は黒留め袖の着物を着ていた。足下の部分に金色を基調とした見事な柄が入っており、帯の金色も相まってとても華やかだ。

「わぁ。綺麗……」

最近はウエディングドレスを着てホテル内にある教会で挙げる式が多いけれど、初めて間近に見る和装の結婚式は思った以上に美しかった。その光景に、思わずため息が漏れる。

参進の列を眺めていた私は、ふと視線を留めた。

「あっ、あれ……」

参進の列の、新郎新婦の少し後ろを歩く女性に、見覚えがある気がしたのだ。

そして、その女性をじっと眺めて私の予想は確信へと変わる。

そこには、濃いクリーム色の華やかな衣装を着た路子さんがいた。胸元にはレースを使ったコサージュが飾られ、風で少し揺れている。そして、傍らにはついさっき見た男の子と、手を繋ぐ男性がいた。

「ねえ、ミキちゃん。あの新婦さんは、路子さんの妹さん？　最初のお店にいた女の子かな？」

「そうだよ」

私は再び、路子さんへと視線を移す。

今日もその首元には、白く輝く真珠のネックレスが付いていた。


その後もいくつかの景色を転々とする。

それは子供の卒業式であったり、観劇会であったり、音楽鑑賞であったり、内容は様々だ。ただ、私が見る路子さんの首元には、いつも真珠のネックレスがひっそりと輝いていた。

そして最後に周りの景色が変わったとき、ふと鼻孔をくすぐったのは線香の香りだった。

目に入ったのは、真っ白な菊の花。そして、その中央では老年と言える男性がこちらを見つめて微笑んでいる。

「……お葬式？」

一体誰の？　と思って視線をずらすと、一番祭壇に近い親族席には初老の女性がいた。今までの光景を早送りで見ていた私は、一目でそれが路子さんだとわかった。

真っ黒な喪服に身を包んだ路子さんは、片手にハンカチを片手に握りしめたまま、呆然とした様子で祭壇の中央で微笑む男性を見つめていた。年齢を感じさせる首元には、やっぱり今日も真珠が輝いている。そして、その傍らには今回の依頼者である土屋さんがいた。

「もしかして……」

私はもう一度祭壇の写真を見つめる。この人は、路子さんの旦那さんだろうか。

そして、路子さんは――。


――ガタン。


不意に物音がして驚いて振り向く。バシンと景色が変わり、いつの間にか私は先ほどの和室にいた。

「え……？」

私は驚いて周囲を見回す。

扉のところには真斗さんがいて、びっくりした様子できょろきょろする私を見つめ、目を瞬《またた》かせていた。

「えっと……、どうかしたの？」

気が付けば、いつの間にかミキちゃんはどこにもおらず、私の目の前には開かれた箱に入れられたままの真珠が置かれている。

「いえっ、なんでもありません」

私は慌てて、動揺を隠すように両手を目の前で振った。

「そうは見えないけど？」

こちらに歩み寄った真斗さんは先ほど持って出た鞄をテーブルの上に置くと、商品名と値段を告げる。私は慌ててそれを買い取り用紙に記入した。

「付喪神にでも会ったかな」

「…………。なんでそう思うんですか？」

「だって、いる気配がするから」

真斗さんは肩を竦めて苦笑する。

私には感じないけれど、真斗さんは付喪神様がいるだけでなんとなくわかるらしい。

「実は、それらしき子に会いました」

「オレモアッタ」とフィリップが補足する。

「やっぱり。これかな？」

大当たりと得意げな顔をした真斗さんは最後の査定品である、私が眺めていた真珠のネックレスをケースごと手に取った。

「真珠か……」

ぽそりと呟くと箱の蓋の文字を見てからネックレスを手に取り、ケースをテーブルの上に置く。

途中に嵌まっている『M』のエンブレムを確認し、次に目を細めるように留め具の金具を見た。刻印されている文字を読もうとしているのだろう。

「真珠ってさ、中古市場だと価値が落ちやすい宝石なんだよね」

「そうなんですか？」

「うん。ほとんど値段がつかないことも多い」

私は意外な話に目を丸くした。

真珠といえば、冠婚葬祭どれにでもつけられる、フォーマルな宝石だ。

私はまだ持っていないけれど、大人の女性だったら一本は持っておきたい一品だと思うので、需要は高そうなのに。

「真珠って、どうやってできるか知っている？」

驚く私に対し、真斗さんはネックレスの真珠同士を擦り合わせるような仕草をしながら、そう聞いてきた。

「貝の中でできるって聞いたことがありますけど」

「そう。簡単に言うと、真珠貝の体内に『核』って呼ばれる異物を入れて、長い期間をかけて周囲を真珠層で覆わせるんだよ。前に、ミユさんが持ってきたマザーオブパールはこの真珠を作る貝の貝殻ね」

「はい」

「つまり、鉱石じゃないんだよ。主成分がカルシウム――貝殻と同じようなもんだから、他の宝石に比べて汗で劣化しやすい。手入れが行き届いていないとすぐに表面にくもりが出てきてしまうんだ」

「くもり？」

「輝かなくなるってこと」

「なるほど」

婚約指輪によく使われるダイヤモンドは宣伝文句で『永遠の輝き』などと言われるけれど、真珠は扱い方ひとつで簡単に傷んでしまうということなのかな。

話に聞き入る私の前で、真斗さんはネックレスを持ち上げて糸の緩みを確認するような仕草をした。

「儚いからこそ、多くの人がその美しさに惹きつけられるっていうのもあるんだろうな。昔から、王侯貴族はこぞって真珠を身につけた。例えば、エリザベスＩ世の肖像画は、真珠を身につけているものが多数ある。あと有名なのは、マリー・アントワネットとか――」

「へえ……」

「もともとは偶然貝に入り込んだ異物から生成されるものだったから、希少性がものすごく高かったんだ。だけど、明治時代の半ばにさ、日本人が世界で初めて養殖に成功したんだ。当初は偽物騒動があったりしたけれど、後に天然と養殖の品質に差はないって証明されている」

それが、このネックレスの箱に書いてある『ミキモト』の創業者の御木本《みきもと》さんね。と真斗さんは補足した。

「これ、凄くよく手入れされているな。買ったのは結構昔だと思うのに、全然くもりもなく照りも綺麗だし、糸の緩みもない。多分、使ったらいつもすぐに乾いた布で拭いて、糸替えも定期的にしてきちんと保管していたんだろうね」

真斗さんが感心したように呟く。

そのとき、トントンと足音が近づいてくるのが聞こえた。

「そろそろこっちも終わったかい？」

飯田店長と土屋さんが入口から顔を覗かせる。

「今見ているのでおしまいです」

私は真斗さんのほうを、視線で指さす。そして、目の前に置かれていた空の箱を持ち上げて見せた。

「ああ、それ。懐かしいな」

土屋さんが、箱の向こうに何かを見つめるように目を細める。

「うちの母の、一番のお気に入りでね。花嫁道具のひとつだったと聞いているよ。今はどうだかわからないけれど、私の母の時代は結婚すると花嫁道具って言ってね、箪笥やら机やら着物やら、色々なものを持たされたらしくてね」

「花嫁道具？」

土屋さんのお母さんの花嫁道具というと、何年前のものだろう？　もしかして、五〇年近く前？

私は真斗さんの手元にある真珠のネックレスを見つめた。室内灯の光はそれほど強くないが、それでもそのネックレスは艶やかな輝きを放っている。

「疲れると言って、あまり着物を好まない人でね。お祝い事のときは大抵洋服だったから、いつもそれをつけていた」

土屋さんは懐かしそうに、昔話を語っている。私は土屋さんの話に耳を傾けながら、どうしても気になったことを聞いてみた。

「あの……、お母様のお名前は……？」

「名前？　路子だよ。少し前に、親父のところに行ってしまった」

土屋さんは少し寂しそうに笑う。

ああ、やっぱり。

さっき見たのは、付喪神様であるミキちゃんとこのネックレスの持ち主だった路子さんとの思い出なのだ。

「迷ったんだけど、僕は独り身だからそれを譲る人もいなくてね。この先何十年も手入れもされずに箪笥の肥やしになって処分されるよりも、誰かに使ってもらったほうが母も喜ぶかと思ったんだ。飯田さんのところに頼めば、間違いないと思ってね」

「そうだったんですね」

私はそれ持っていた真斗さんを見つめた。

真斗さんはネックレスを持ち上げ、もう一度留め具やエンブレム、粒の大きさを確認していた。ノギスで計った真珠の粒は八ミリだった。

「親父」

真斗さんが立ち上がり、その真珠のネックレスを見せながら何かを告げる。恐らく、査定結果だろう。飯田店長がそれを手に取って眺めてから頷いたので、同じような見解だったようだ。

「花嫁道具ということは、エンブレムは後からつけてもらったんですか？　恐らく、買った当時はこのエンブレムはなかったと思うので」

真斗さんがネックレスを元の箱に戻しながら、土屋さんを見上げる。

「よくわかったね。糸替えのときに、つけてもらったみたいだよ。偶然だけど、路子の『M』と同じだって、お気に入りだった」

「そうなんですね」

　真斗さんは柔らかく微笑む。

　ネックレスが入れられた箱を閉じる、パタンという小さな音がシンとした部屋に響いた。

◇　◇　◇

　その日、私がいつものようにつくも質店に行くと、珍しく真斗さんと飯田店長が二人とも揃っていた。

「こんにちは！　お二人揃っているなんて、珍しいですね」

　今日は十一月の下旬にしては暖かく、私は無縁坂を上る途中で暑くなって脱いだ薄手のコートをカウンターに置く。

「こんにちは。もしかしたら、梨花さんに会えるのも今日が最後かもしれないと思ったからね」

　飯田店長は目元を緩め、目尻に深い皺が寄った。

「今日が最後？」

私は意味がわからずに首を傾げる。

「今日で約束の五〇時間だよ。少し早いけど、二ヶ月間ご苦労様」

「え……」

私は一瞬何を言われたのかわからず、飯田店長を見上げる。けれど、すぐにその意味を理解した。

私がつくも質店でお手伝いを始めたのは、大切な万年筆を売ろうとして、紆余曲折を経て結果的に店長に五万円を借りたからだ。『借金代わりに五〇時間分のお手伝いをする』という約束だった。

つまり、その五〇時間が終わったと言っているのだ。

「うそ。もう、そんなに経ちます?」

「ちょうど今日で五〇時間だね。一応、就労管理帳に記録していたから」

座ったままの真斗さんは、お店用のパソコンを顎で指す。

一方、私は呆然とした。

今日でちょうど五〇時間?

じゃあ、ここでお手伝いをするのは今日が最後?

そんな……。何も心の準備ができていないし、お別れの品も買っていない。

それに――。

私は真斗さんと、その肩に乗るフィリップを見つめた。いつもならずっとお喋りをしているフィリップは、今日は何も喋らずに小首を傾げている。タマは今日もつぶらな瞳で私を見上げていた。

——こんなに急に、みんなとお別れだなんて。

借金がなくなったという安堵、急な終わりへの戸惑い、もうここに来られないという寂しさ……。色々な感情がぐちゃぐちゃに入り交じって、言葉が出てこない。

「そこで提案なんだけど——」

立ち尽くす私の顔を、飯田店長が覗き込む。

「梨花さんさえよかったら、このあともうちで働かないかな？　これまでと同じ、時給一〇〇〇円で」

「え……、いいんですか？」

私は目を見開き、飯田店長を見返す。

「いいよ。梨花さんがいてくれると、助かる。なあ、真斗？」

「だな。俺、来年Ｍ２になるから、正直言うと院の研究が忙しい。いてくれると助かる」

真斗さんも頷いてみせる。

『Ｍ２』というのは修士課程《マスター》二年のことで、つまり、大学院の修士課程の最高学年だ。修士号をとるためには修士論文を書く必要がある。

「よかったら、やってくれないかな？」

飯田店長がにこりと笑う。私は胸がジーンと熱くなるのを感じた。

「やります。やらせてください！」

「よかった。じゃあ、今まではただのお手伝いの立場だったけれど、改めてよろしくね」

飯田店長はそう言うと、目尻の皺を深くした。

◇ ◇ ◇

後日、飯田さんと真斗さんは私のためにささやかな歓迎会を行ってくれた。

つくも質店から無縁坂を上ると、東京大学の本郷キャンパスがある。

本郷キャンパスは都心の一等地にもかかわらず、端から端まで地下鉄の一駅分にも匹敵するほどの広大な敷地を持つ立派なキャンパスだ。

その本郷キャンパスには複数の入口があるが、無縁坂から一番近いのは、東京大学医学部附属病院が近い『鉄門』だ。

鉄門の正面からは、病院のまだ新しい建物が見えた。

「鉄門って、東京大学の医学部に入るのが難しすぎて『鉄の門』のようだから鉄門っていうんですよね」

私は得意げにとなりを歩く真斗さんへと話しかける。

「はあ？　誰だよ、そんなでたらめ教えたの？　鉄門は、ここに種痘所《しゅとうじょ》があった名残からだよ。種痘所の門が黒い鉄製で、『鉄門』」

「え⁉」

呆れたように真斗さんがこちらを見下ろしたので、私は狼狽えた。

誰の情報って、亜美ちゃん情報だ。ちなみに、種痘所とは天然痘の予防と治療を目的に作られた施設で、今でいう医学研究所のようなものだ。

（知ったかぶったら、恥ずかしい……）

思わず耳が赤くなる。髪の隙間からそれが見えたのか、真斗さんは声を殺して肩を揺らしていた。

鉄門から東京大学の構内に入り、暫く西に歩くと歴史を感じさせる大きな赤い門が見える。

加賀《かが》藩十三代藩主である前田斉泰《まえだなりやす》が将軍家から妻を迎えるに当たり建立したというこの門は、国の指定重要文化財にも指定されている赤門だ。東京大学の本郷キャンパス正面入口としても有名で、その名の通り、朱色に塗られた大きな門だ。

この赤門を抜けると大きな幹線道路――本郷通りに出る。この本郷通りを渡り、少しだけ本郷三丁目駅方面に歩き、小道を入るとあるのが『菊坂《きくざか》』だ。

実はこの辺り一帯は文筆家として有名な樋口一葉《ひぐちいちよう》ゆかりの地として知られている。

趣味で小説を書いている私としては、一度ゆっくりと歩いてみたいと思っていた場所だ。

菊坂の都心とは思えないような静かな雰囲気の商店街には、樋口一葉のゆかりの地を紹介する案内板も設置されていた。

その通りを歩きながら、私はとなりを歩く真斗さんを見上げる。

「どこに行くんですか?」

「喫茶店なんだけど、多分遠野さんは好きだと思う」

「私が好き?」

私は意味ありげな言い方に、首を傾げる。

私が好き……。

なんだろう?

喫茶店は喫茶店でも、美味しいお菓子が食べ放題とか?

そんな想像をしていると、真斗さんと飯田店長は通りからさらに一本、細い道に入った。

両手を広げたくらいの幅しかないその道を見て、私は戸惑った。本当にこんなところにお店があるのだろうか。

「ここだよ」

立ち止まった真斗さんがこちらを振り返ったとき、私はポカンとしてしまった。

だって、そこにあったのは喫茶店というか、ペットショップだったのだ！

青色ののぼりには大きく『金魚』と白い字で書かれているので、正確に言うと金魚屋さんだろうか。通りから見える水槽では、近所の小学生と思しき子供達が金魚釣りを楽しんでいた。

呆気にとられる私をよそに、真斗さんはそのすぐ脇にある扉を開ける。すると、すぐに上と下に向かう階段があるのが見え、玄関前にはたくさんの金魚グッズが置かれていた。

もしかして、これは──。

「喫茶店なんですか？」

「そうだよ。喫茶店だってさっき言っただろ？」

驚く私を見て、真斗さんが笑う。

「前に土屋さんの出張査定に行ったときに玄関の金魚をじっと見ていたから、喜ぶかなって思ってさ」

「はい。面白いです！　こういうの、好き」

「よかった。酒はまた今度な。遠野さんが成人になったら。来月だっけ？」

「飲みに連れて行ってくれるんですか？　来月です。約束ですよ？」

「了解」

私の念押しに、真斗さんは苦笑する。

私はきょろきょろと辺りを見渡す。

店内には金魚にまつわる小物が至るところに置かれていた。メニューは普通の喫茶店なのに、面白い！

「金魚って、お姫様みたいじゃないですか？」

「お姫様？」

案内されたテーブルの正面に座る真斗さんと飯田店長には私の意図が伝わらなかったようで、二人は不思議そうな顔をしてこちらを見返してきた。

「ひらひらの尾が、まるで赤いドレスを着ているみたいに見えませんか？　あの姿が、ダンスを踊るお姫様みたいだなって」

昔、家でリュウキンを飼っていたとき、よくその姿を眺めていた。

ひらひらと水中で揺れる赤い尾が、まるでお姫様のドレスが揺れているようだなと思ったのを覚えている。おとぎ話で王子様と踊るお姫様のドレスの裾も、あんなふうに揺れるのだろうかと想像した。

それを聞いた二人は顔を見合わせると、「面白いアイデアだ」と楽しそうに笑った。みんなそんなふうに見えているのかと思っていた私は、逆に驚いてしまう。

「さすが作家志望。着眼点が面白い」

「そうですか？」

「普通、そんなこと思わないだろ。それで何か書けばいいのに」

真斗さんは運ばれてきたこの店オススメの薬膳カレーをスプーンで掬う。私も一口、口に運んだ。色が普通のカレーに比べて黒いけど、味はカレーだ。美味しい。

金魚のお姫様。

となると、人魚姫ならぬ金魚姫の恋物語かな。相手はやっぱり王子様？　王子様は……和金とか？

月夜にだけ人に変身できる魔法にかかった二人が、お互いが自分と同じ金魚だと知らずに恋に落ちて、自身の正体を明かせずに焦がれる話なんてどうだろう。

もしくは、金魚姫の冒険物語だろうか。湖でおこる難題に、お姫様が挑む！　従者にロブスターの騎士なんていいかもしれない。

むむむっ、と私は唸る。

これで一本書けるだろうか。書けそうな気もするけれど、難しい気もする。

ふと顔を上げると少し高い位置にある窓からは外が見えた。この時期にありがちな厚い雲に覆われた空は、外の気温の低さを窺わせる。気付けば、もう十二月だ。

（最近、なんにも書いてないなぁ）

私は運ばれてきた紅茶を手元に引き寄せる。砂糖を入れてスプーンでかき混ぜると、白い粒は渦を描いて掻き消えた。

◇◇◇

土屋さんから買い取った真珠のネックレスの新しい持ち主は、私の想像よりずっと早く決まった。

その日、つくも質店に行った私は、先日まで金庫に入れられていたパールネックレスの箱が出されているのを見て、不思議に思った。

「どうかしたんですか？」

「うん。今日、買い取り希望の方が実物を見に来るって」

真斗さんは温かい麦茶を飲みながら、答える。

ところで、麦茶といえば夏の飲み物の印象が強いけれど、飯田家では一年を通してお茶といえば『麦茶』を指すらしい。

どうしてかと真斗さんに聞くと、「麦茶が好きだから」と単純明快な答えが返ってきた。

しかも、ティーパックではなくて粒麦を南部鉄器の鉄瓶で煮たてた熱湯に投入し、きっちり三〇分蒸らしたものでなければならないという、謎のこだわりまである。

思い返せば、真斗さんが出してくれる麦茶は色もとても綺麗な琥珀色だし、うちで水だししている麦茶よりも口当たりがまろやかなような気もしなくもない。

なんと奥深い、麦茶の世界！

「真珠のネックレスってさ、普通なら一生モノだろ？　リサイクル品とはいえ、値段もそれなりにするから、実物を確かめに来たいんじゃないかな。あれは状態はいいのだけどかなり古いから、写真だけで決めるのに不安があるのかも。夕方の六時頃に来るって言っていたから、そろそろだと思うけど」

「ふーん」

壁の時計を見ると、時刻は午後五時四〇分だ。

私はそこに置かれた箱を、そっと開ける。中には、先日見たときと変わらぬ輝きを放つ、均等で美しい真珠のネックレスが入っていた。

待ち人は午後六時になる五分前にやって来た。ガラガラっと引き戸を開ける音がしてカウンターへ出ると、そこにいたのは若い夫婦だった。年齢的には、三〇歳前後だろうか。

「塚越《つかこし》です。電話でお伝えしていたネックレスを見に来たんですけど……」

男性のほうが私に名前を告げる。恐らく真珠のネックレスのことだとは思うけれど、間違っていては大変だと奥を振り返ると、ちょうど真斗さんが先ほど机に置かれていたパールネックレスのケースを持って現れた。

「塚越様、お待ちしておりました。こちらになります」

ふたを開けて、真珠のネックレスをケースごと塚越様に差し出す。二人はそれをじっと覗き込んだ。

「触っても？」

「もちろんです。お試しになってください」

真斗さんが卓上の鏡をカウンターの上に置くと、恐る恐るネックレスに手を伸ばした塚越さんの奥様は、それを首元に当てる。その後旦那様がそれを受け取り、奥様の首に付けてあげていた。

「素敵ね」

奥様の表情が、ふわりと綻ぶ。

Vネックのニットを着ていらしたので、すっきりとした首元に白いネックレスがよく映えた。

「とてもよくお似合いですよ。こちらは中古品ではありますが、傷や糸の緩みなどもなくとてもいい状態です」と真斗さんが説明する。

ふわりと空気が揺れたような気がして、私は視線を移動させる。

塚越さんの奥様のすぐ横には、先日会ったミキちゃんがいた。真斗さんもちらりと視線を移動させたので、ミキちゃんに気が付いたようだ。

ミキちゃんは暫くじっと見上げるように塚越さんの奥様を見つめていた。

そして、恐る恐るといった様子で手を伸ばし、その腕に触れたとき――。

「これ、いいな。気に入ったわ」

塚越さんの奥様は付けていたネックレスを外すと、それを手に持って眺め、口元に笑みを浮かべる。

「そうか。見に来てよかった。じゃあ、これをお願いします」

塚越さんは奥様から真珠を受け取ると、それを真斗さんに差し出した。

「かしこまりました。ありがとうございます」

真斗さんは手袋をつけた手でネックレスを受け取ると、専用の柔らかい布で拭いてからケースへと収めた。

「真珠は傷みやすいので、お手入れに気を付けてくださいね。汗に弱いので、使ったら必ず乾いた布で丁寧に拭いてから保管してください。汗だけでなく髪に付いた整髪料が触れるのもよくないです」

「ええ、わかりました」と奥様が応える。

「あとは直射日光に当たる場所に長期間置きっぱなしにしたりすることも避けてください。糸替えは――」

真斗さんは手を動かしながらも真珠を長持ちさせるための注意事項を伝える。奥様はそれを真剣な表情で聞いていた。

「お買い上げありがとうございました」

私と真斗さんは、帰り際にお二人をお見送りする。

ネックレスの入った紙袋を片手に持った旦那様と、旦那様の片腕に手を添える奥様はこちらを振り返り、「ありがとう」と言った。

となりにいるミキちゃんがこちらを振り返り、私と目が合う。

「さようなら、お姉ちゃん」

――うん、またね。

そう言いかけて、私は口を噤む。

これからまた新しい持ち主さんのもとで大切にされるであろうミキちゃんと私が会

うことは、もう二度とないだろう。

「バイバイ。大事にされるんだよ」

小さく呟いた言葉が聞こえたのか、ミキちゃんは満面の笑みを浮かべて片手を大きく振った。

「ジャーナ」

いつの間にか飛んできて真斗さんの肩に乗っていたフィリップが短く別れの言葉を言った。足下ではシロが「ニャー」と鳴き、続いてタマの「くぅん」という声が聞こえた。

ひらりと玄関先の紅葉の葉が落ち、またひとつ、地面に赤い花を咲かせた。

「大切にしてもらえるといいですね」

人影の見えなくなった門を見つめる私のとなりで、真斗さんも門の方向を見つめる。

「ま、大丈夫だろ」と真斗さんは言った。

「あの付喪神さ、すぐに塚越さんの奥さんのこと気に入ったみたいだから、きっと大丈夫だよ。塚越さんがここに電話してきたときも、一生使える物をって話だったし。多分、付喪神の効果もあって幸せになるんじゃないかな」

「……そっか。よかった」

あの日に見せてもらった、ミキちゃんの中に残る記憶の断片が蘇る。

これから先、新しい持ち主さんとどんな素敵な思い出を作るのだろう。

そんな想像をして、私は表情を綻ばせた。

「さてと……。寒いから入るぞ」

「はいっ」

私が入るのを待つように、真斗さんが玄関前で引き戸を引いたまま待っている。私は店の中が冷えては大変だと慌てて中に入った。

「ありがとうございます」

真斗さんにお礼を言って玄関をくぐると、また独特の雰囲気が漂う。

質素なカウンターと、綺麗に飾られた、たくさんの高級品の数々。ガラガラっと音がして、背後で引き戸が閉まる気配がした。

ここは不思議な質屋だ。

売っているものはただの中古品なのだけど、それと一緒に幸せも運んでいる気がした。

第四話　GLOBE TROTTER　サファリ

早朝には霧雨だった雨は、いつの間にか本降りになっていた。からりと乾燥して青空が広がることが多い冬には珍しい。

窓際ではシロとフィリップ、それにタマが三匹並んで仲良く外を眺めている。その後ろ姿がとっても可愛くてスマホを取り出すと、パシャリと写真を撮る。

画面を確認すると、ただの室内と窓の向こうに見える景色が映っていた。どうやら、付喪神様は写真には写らないらしい。

(可愛いのに、残念！)

こんな雨の日は、お客様もまばらになる。誰もいない店内はシーンと静まり返っていた。

「暇だし、掃除でもしようかな」

私はこの隙に年末の大掃除を前もってやってしまおうと、店の奥から雑巾やハタキ、ハンディクリーナーを引っ張り出す。

思い立ったが吉日。

大掃除って、なぜか毎年「どうしよう、終わらない！」って嘆いている気がするのだ。

年末ぎりぎりに「全部やっといて」なんて言われた暁には本当に「終わらない！」と泣き言を言う羽目になっちゃうから、早めにやるに越したことはない。

まずはハタキで高いところの埃を落としてゆく。

そしてハンディクリーナーである程度吸い取ってから、最後に固く絞った雑巾で拭いてゆく。

順調に室内を綺麗にしていった私は、部屋の一画に目を向けた。

「さて。ここが問題よね」

そこには、色んなブランドの箱が積み上げられていた。

質入れされている商品や高価な買取品は店の奥の保管用金庫に入っているので、ここに置かれているものは買取りした商品のうち、安価なものや金庫に入りきらない分だろう。

「それにしても、たくさんだなぁ」

芸術的に積み重ねられた箱は、私の腰の高さまである。その箱の一番上には、若い女性に人気の、お手頃な値段のミニトートバックがちょこんと置かれていた。

「これ、どかさないと綺麗にできないよね……」

私は意を決すると、ミニトートバックを部屋の反対側に移動させ、積まれた箱も順番に移動させ始める。

半分くらいの高さになるまで作業を進めたところで、箱の奥にオレンジがかった赤色のものが見えた。

「ん？　スーツケースかな？」

まるで今の季節の紅葉のような色合いのそれは、角に飴色になった皮が張られている。革の取っ手を持って引き上げると、胴体部分には角と同じく飴色の革ベルトが二本、スーツケースベルトとして付いていた。

「これ、可愛い……」

スーツケースの本体部分には、いくつものシールが貼られていた。そのシールもだいぶ昔に貼られたのか、マーライオンは半分表面が削れてしまっている。

明らかにかなり古いものであることは確かなのに、不思議とその古さが却っていい味を出しているように見える。まるで広告の中でモデルさんが持っていそうなデザインに、思わず歓声を漏らす。

「ここに置いているってことは、買取り品のはずだけど、こんな商品あったかなぁ……」

つくも質店では、店舗販売のほかにインターネット販売もしている。むしろ、インターネット販売のほうが主流に見える。

注文があった際の確認や発送作業なども任されていたので、扱っている商品は一通り目を通しているつもりだった。

こんな鮮やかで特徴的なデザインのスーツケースを売っていればすぐに気が付きそうなものだけど……、と私は首を傾げる。

「何やってんの？」

背後から突然声をかけられて、驚いた私はビクッと両肩を震わせた。

振り返ると、ジーパンに黒いダウン姿でリュックを背負ったままの真斗さんが不思議そうにこちらを見つめている。ダウンの腕の部分は雨がかかってしまったようで、濡れて色が濃く変わっていた。

「あ、お帰りなさい。雨でお客さんもいらっしゃらないから、大掃除していたんです」

「なるほど。ありがとうな。すげー量の荷物だろ？」

真斗さんは私のすぐ脇に無造作に置かれた掃除道具を見て納得したように頷くと、今度はその横に積まれた箱に視線を移して苦笑する。

「年始に初売りで少し値下げするから、在庫をかなり捌《さば》けるはずだけど」

「つくも質店も初売りセールするんですか？」

「うん。始めたのはおととしから。他の中古販売店がやっているの見て真似した」

コートや荷物を店の奥——自宅部分に置きに行った真斗さんは、すぐにいつものようにモバイルパソコンと資料だけを持って店舗控え室を兼ねる和室に戻って来た。

窓際に集まっていたフィリップ達が「オカエリ」と真斗さんの周りに集まる。

「真斗さん。ここにあるのって販売商品ですよね？」

私は箱をどけた部分の床をハンディクリーナーで吸いながら、パソコンを立ち上げている真斗さんに問いかけた。

「うん。そうだよ」

「このスーツケースって、販売していましたっけ？」

「スーツケース？」

真斗さんが、眼鏡の奥の瞳を細める。そして、私の視線の先に置かれた紅葉色のスーツケースを見て「ああ、それ」と言った。

「それは販売してない。色々と事情があって」

「事情？」

「うん。付喪神が新しい持ち主に渡るのを嫌がってる」

真斗さんは部屋の一画に視線を投げる。そちらを見ると、シロとタマがじゃれ合って遊んでいた。

「タマって、あのスーツケースの付喪神様なんですか？」

「そうだよ」

以前に、フィリップからタマは鞄に宿った付喪神様だと教えてもらってはいたけれど、スーツケースだったとは知らなかった。

(タマが嫌がった？)

新しい持ち主が決まらないと、その物が使われることはない。タマは自分が使われるのが嫌なのだろうか。

真斗さんは私が考えていることを悟ったようで、肩を竦める。

「新しい持ち主が決まらないと物が使われることはないんだけど、自分が持ち主から手放されたってことを受け入れられない付喪神って少なからずいるんだよ。そういう付喪神が付いた物を無理矢理他の人の手に渡しても、いいことがないから」

「手放されたことを受け入れられない……」

タマは相変わらず、部屋の端でシロとじゃれている。

一見すると白猫とじゃれている柴犬の子犬にしか見えないその姿は、悩みとは対極に位置するように穏やかだ。

(タマの前の持ち主は、一体どんな人だったのかな？)

私は先ほど見つけた、部屋の隅に置かれた紅葉色のスーツケースに目を向ける。紅葉色に飴色の皮がアクセントとして効いていて、とても可愛らしい。

スーツケースといえばプラスチックや炭素繊維などでできているイメージがあるけれど、これはそのどちらでもないように見えた。近付いてみたけれど材質がよくわからないので片手で小突くと、コンコンっと軽い音がした。

「これって何でできているんでしょう？」

「紙だよ」

「…………。え？」

「紙。特殊な加工をした紙を何層にも重ねて作るんだ。そのトランクのメーカー、グローブトロッターっていうんだけど、そこが創業当時から使っている材質だよ。ヴァルカン・ファイバーっていうんだ」

「紙なんかで鞄を作ったら、すぐにボロボロになっちゃうんじゃないですか？」

紙と聞いて、私はすぐに段ボールのようなものを思い浮かべた。ぶつかったらすぐに凹んでしまいそうだし、雨が降ったら水を吸ってふにゃふにゃになってしまいそうだ。

「大丈夫だよ」

立ち上がったパソコン画面に目を向けていた真斗さんが視線を上げ、苦笑する。

「さっきも言ったけど、特殊な加工をしているから。グローブトロッター社の昔の宣伝では頑丈さをアピールするために象が乗った宣伝画像を使っていたらしいよ。紙と言っても、俺達が普段使っている物書き用の紙とは全然違う。周囲のコーティングもされているし」

「へえ」

旅行用鞄に紙を使うなんて、私には想像すらつかないことだ。

持ち上げてみると、随分と軽い。軽量プラスチックで作ったものと変わらない重さだった。

「これはそのグローブトロッターの中でも特に人気が高いサファリってシリーズのトロリーケース。トロリーケースはキャスターが付いているスーツケースのことね」

真斗さんは立ち上がると、そのスーツケースもとい、トロリーケースを持ち上げて裏返す。黒色のキャスターと、銀色の鞄を支えるための金属棒が二本付いていた。

「これ、気になる？」

真斗さんが私の顔を見つめる。

「気になるというか、可愛いなと思って……」

「確かに、洗練されたデザインだよな。このデザイン自体は一〇〇年くらい前に作られたものだけど、今も変わらず人気なんだ」

「一〇〇年前！」

一〇〇年くらい前というと、日本では何時代だろう。

昭和の初め、もしかすると大正かもしれない。

そんな時代に作られたデザインが、今でも洗練されて見えるなんて。

人の感じる造形美というものは、案外どの時代でも変わらないものなのかもしれない。

◇　◇　◇

それは、タマのトロリーケースを私が見つけた翌週のことだった。

飯田店長は出張買取り、真斗さんも研究室に用事があるというので珍しく土曜日に店番をしていると、思ったよりもだいぶ早く飯田店長が帰ってきた。

「お帰りなさい」

「ただいま。梨花ちゃん、お疲れ様。いつもありがとうね」

「いえ、とんでもないです」

私は両手を胸の前でヒラヒラと振る。

お礼を言われるようなことは何もしていない。むしろ、飯田店長にはお世話になりっぱなしで、お礼してもしきれないほどだ。

飯田店長は一度店の奥の自宅部分に戻ると、再び店番をする和室に戻ってきた。

「せっかく梨花ちゃんが来てくれているからおやつでもと思ったんだけど、何もないね」

「え、そんな気を使っていただかなくて大丈夫ですよ」

「実は僕が、小腹が空いていてね。店番はいいから、ちょっと買い物をお願いしてもいいかな？」

飯田店長はお腹をさすりながら、ばつが悪そうに照れ笑いする。笑ったときに少し下がる目元が真斗さんに似ているのだな、と新たな発見。

時計を見ると、まだ午前十時半だった。今日は朝ご飯が早かったのかな？

「そういうことなら、任せてください。何を買ってくればいいですか？」

「そうだな。久しぶりに、ベーグルが食べたいな。今の時間なら、まだあると思うんだ。本郷三丁目の駅の近くにあるベーグル屋さん、わかる？」

「すいません、どこですか？」

ここに通い始めてからだいぶ湯島や本郷三丁目の駅周辺には詳しくなってきたつもりだけれど、まだまだ知らないお店も多い。

飯田店長に目的のお店の場所を教えてもらい、私はすっくと立ち上がる。とても人気のベーグル屋さんで、お昼前にはほとんど売り切れてしまうそうだ。

引き戸を開けて外に出ようとしたそのとき、タマがタタタッとこちらに駆け寄ってくるのが視界の端に入った。

「タマも一緒に行く？　ベーグル屋さんに買い物に行くの」

タマは「わん！」と返事するように鳴く。

「じゃあ、一緒に行こうね」

私はタマの頭をくしゃくしゃと撫でると、一緒に買い物へと出かけたのだった。


目的のお店はつくも質店から見ると本郷通りを挟んで駅の向こう側、小路を入った場所にあった。

地元の人でなければまず知らなそうな場所にあるのだが、飯田店長が人気店だと言っていたとおり、半地下になった店内には何人かのお客さんが入っているのが見えた。

店内に入った私はショーケースに並んだベーグルを眺める。

ベーグルといえば丸いドーナツのような形をしているイメージしかないけれど、それ以外にもコッペパンのような形をしているものもあることに驚いた。

味の種類も色々あって何を買えばいいのか、店長に事前に聞いてこなかったことを後悔した。

「あ、そうだ。スマホ……」

電話すればいいのだと気付いてスマホを探したら、なんとポケットの中には財布しか入っていなかった。そういえば、店番をしながらスマホを時折見ていたので、座卓の上に置きっぱなしだ。

「どうしようかな」

迷っていると、となりにいたタマがショーケースに前足をかけて、器用に後ろで立ち上がった。

タマは私から見ると柴犬そっくりな見た目をしているけれど、普通の人からは見えないので誰に注意されることもなくベーグルを眺めている。

(何種類か買っていけばいいか)

散々悩み、並んでいる商品からセレクトした何点かをトレーに載せる。そのとき、タマが前足を伸ばしてひとつの商品に触れようと頑張っていることに気付いた。

(欲しいのがあるのかな?)

タマは上を見上げ一点を見つめている。

(これかな?)

付喪神様はご飯を食べないけれど、気になるのであればと取ろうとしたとき、横からスッと手が伸びてきて最後の一個だったそれが台からなくなる。

「よかった。最後の一個だったわ」

手を伸ばしてきたその人——年齢は二十代後半くらいだろうか。長いストレートヘアーを後ろでひとつにまとめ、黒色の膝丈のロングコートを着た女性はホッとしたように息を吐く。

そして、慣れた様子で他にも何点かトレーに載せると、会計へと進んだ。

私はその後ろに並んだ。タマはその女の人をじっと見上げている。

（そんなに気になるのかな？）

でも、ないものは仕方がない。あれはまた今度買いに来よう。

ようやく自分の順番が回ってきてレジ打ちを待っている最中、私はふと狭い店内を見渡してサーッと血が引くのを感じた。

「タマ？」

「どうされましたか？」

店員さんが、突然様子がおかしくなった私を見て怪訝な顔をする。

「あ、いえ。なんでもありません」

咄嗟に愛想笑いを浮かべた私は何事もなかったように商品を受け取り、急いで店の外へと飛び出す。

「タマ？　タマ！」

辺りに見えるのは、車がぎりぎりすれ違えるくらいの路地、広告の貼られた電柱、狭い間隔でぎっしりと立つ建物……。

「タマ！」

タマはどこにもいなかった。

（どこに行っちゃったんだろう……）

周囲をきょろきょろと見渡しながら、足早に歩く。

付喪神様なのだから車に轢かれることや飢え死にすることはないと思うけれど、自分の迂闊さに唇を噛む。

（先に帰っちゃったとか？）

なんで急に置いて行かれてしまったのだろう。

付喪神様なら自分がついている物――あのトロリーケースの場所までは戻れそうな気がするからそれが一番可能性が高い気がした。

スマホも持っていないし、私はひとまずつくも質店へと戻ることにした。


ベーグル屋さんからの帰り道、東京大学の鉄門の辺りを早歩きで歩いていると「遠野さん！」と呼びかけられた。

「真斗さん！」

振り返ると、そこには真斗さんがいた。

急ぐ私に対して、真斗さんは呑気な様子で「よっ！」と片手を上げる。

研究室から帰ってくるところだろうか。ダウンにチノパンという楽な姿にリュックを背負っている。

「そんなに急いで、どうしたんだよ」

「実は、買い物途中にタマがいなくなっちゃって……」

「タマって、うちのタマ？」

「はい」

「いなくなったって、トロリーケースがなくなったってこと？」

「いえ、そうじゃなくって――」

私は怪訝な表情を浮かべる真斗さんに、先ほどあった一部始終を話した。

飯田店長に頼まれて、ベーグル屋さんにベーグルを買いに行ったこと。

そのときにタマを一緒に連れて行ったこと。

レジ待ちしている間にタマがいなくなってしまったこと……。

「なんで急にいなくなっちゃったんでしょう？　先に家に戻ったのかなって思って」

「ちょっと待って」

真斗さんはポケットからスマホを取り出す。

そして、どこかへと電話をすると、すぐに電話を切って私の顔を見る。

「今、親父に確認したけど家には戻っていないって」

「え？　じゃあ、どこに行っちゃったんだろう……」

「うーん、ベーグル屋って駅の向こうの？」

「はい」

暫く考え込んでいた真斗さんは、ハッとしたような表情をした。

「もしかして、そのときに誰か他にお客さんいなかった？」

「お客さん？」

私は予想外の質問に目を瞬かせる。

お客さんはいた。若い女の人だ。

「やっぱり！　もしかしたらだけど、ここじゃないかなって場所があるんだ」

真斗さんはスマホをポケットにしまうと、親指で自分の後方、東京大学のほうを指さした。

◇　◇　◇

その人は、車椅子に乗ってすっかりと黄色に染まった並木を眺めていた。

風が吹き、はらりと落ちる木の葉がまるでフラワーシャワーのように大地に降り注ぐ。歩道部分の黒いアスファルトに美しい自然の模様を作り出していた。

「佐戸《さど》さん、こんにちは」

真斗さんが声をかけると、車椅子に乗った女性――佐戸さんはハッとしたようにこちらを向き、目元に皺を寄せてにこりと笑う。

「あら、真斗君じゃない。今日は学校？」

「はい、そうです。ご無沙汰しています」

「土曜日なのに、偉いわねぇ」

褒められた真斗さんは少し照れたように笑うと、ぺこりと頭を下げる。

釣られるようにぺこりと頭を下げた車椅子を押す人は、先ほどベーグル屋さんで見かけた女の人だった。そして、車椅子の女性の足下にタマがいた。

「調子はどうですか？」

「今日は気分がいいの。それこそ、どこか遠くに行けるんじゃないかって思うくらい」

「それはよかったですね」

真斗さんに微笑みかけられた女性は、嬉しそうに笑う。そして顔を上げて、色づいた木の葉を見上げて目を細めた。真斗さんも上を見上げる。

「ちょうど見頃で、綺麗ですね」

「そうね。――昔、秋頃にヨーロッパ旅行をしたときにね、ロマンティック街道を訪れたの」

「ノイシュバンシュタイン城で有名な、ドイツの街道ですね？」

「そう。あのときも、こんなふうに一面が色づいていたわ」

佐戸さんは懐かしそうに目を細める。

その視線は目の前の木々を見つめているはずなのに、どこか遠い異国へと向いているようにも見えた。きっと、とても楽しい旅行だったのだろうと想像がつく。

「旅行、お好きなんですか？」

私はおずおずと口を開く。

女性は私の顔を見つめて不思議そうな表情を浮かべたけれど、真斗さんが「俺の友人です」と説明するとにこりと微笑んだ。

「ええ、そうなの。国内も海外も、色んなところに行ったわ。特にお気に入りは、モロッコを旅行中に訪れた、フェズの旧市街。町全体が迷路のように複雑なの」

「へえ……」

楽しげに話していた佐戸さんの視線がタマのいる足下の辺りへと向き、ふと私が持っていた袋を捉える。

「あらっ」

佐戸さんが小さく声を上げた。

「偶然ね。私もここのベーグルが大好きなの。今日は舞子《まいこ》さんが私の好きな味を買ってきてくれたから、お昼ご飯の後に食べるつもりよ」

女性はまるで子供のように、屈託のない笑みを浮かべる。タマはそんな女性に寄り添うように、その傍らに佇んでいた。

◇◇◇

私は真斗さんと二人並び、つくも質店へと向かう。ちらりと横を見ると、すっかりと見慣れた端正な横顔が目に入った。

「真斗さん」

「何？」

真斗さんは前を向いたまま応える。

「あの人って、もしかしてタマの前の持ち主ですか？」

「うん、そう。俺の小学校の同級生のお母さん」

「同級生って、車椅子を押していた女の人ですか？」

「違う。あの人は同級生の兄貴の奥さん」

「あ、なるほど」

確かに、あの女性は真斗さんよりは少し年上、二十代後半に見えた。

「一年くらい前から体調崩してさ、そっからずっとあそこの大学病院に入退院を繰り返してる」

詳しく聞いていないから病名は知らないけど、あんまりよくない病気みたいだよ、と真斗さんは付け加えた。

「旅行が好きな人でさ、あのトロリーケースはお気に入りだったみたい」

「ふーん」

先ほど、あの車椅子の女性——佐戸さんの横にちょこんといたタマの様子を思い出す。まるで飼い主に寄り添う愛犬のように、違和感がなかった。

「タマは、あの人ともう一度旅行に行きたいんですね」

「かもな。人がものを大事にして付喪神が生まれるのと同じように、付喪神だって人に好意を寄せる。タマはまだ、他の人のところに行く気持ちの切り替えができてないんだろ。佐戸さん、多分タマのこと見えているからなおさらそうなのかも」

「え？」

私は先ほどの佐戸さんの様子を思い浮かべる。言われてみれば、話している途中に時折視線がタマのほうに向いていた気がする。

――付喪神も人に好意を寄せる。

真斗さんの言葉はとても納得感があった。

誰かが愛情を持って接してくれれば、相手だって好意を持つのは当然だ。

シロが挫折して落ち込んでいた私を何度も励ますように寄り添ってくれたのだって、きっとそういうことなのだろう。

「なんでそんなに大切なものを、手放そうと思ったんでしょう？」

「さあな。売りに来たのは俺の同級生なんだけど、佐戸さん本人の希望だったみたいだよ。旅行が好きで大事に使ってくれる人に譲ってほしいって」

真斗さんは道路沿いの街路樹を見上げ、目を細める。これは俺の想像だけど、と前置きをした。

「大切だからこそ、誰かに託そうと思ったんじゃないかな」

さぁっと風が吹き、木々が揺れる。どこか遠くを見るように真斗さんが呟いた声は、風の音に乗って溶けて消えた。

「大切だからこそ……」

「そ。俺はなんとなく、そろそろ引き取り手が見つかりそうな気がしてる」

「真斗さん、予知能力あるんですか？」

「あるわけねーだろ」

呆れたように真斗さんがこちらを見下ろす。

「じゃあ、なんでわかるんですか？」

「さあ？　なんとなく」

目が合うと、くすっと笑われて眼鏡の奥の茶色がかった瞳が優しく細まる。

その瞬間、なぜか胸の奥がトクンと跳ねた気がした。

◇◇◇

結局、タマはお昼をだいぶ過ぎた頃にひょっこりと戻ってきた。

「タマ、お帰り」

「オカエリ、オカエリ」

私の声に合わせてフィリップが本物のインコのように言葉を繰り返す。こういう小技、どこで覚えたんだろう。真斗さんが教えているのかな？

「タマ、佐戸さんとたくさんいられて楽しかった？」

タマに声をかけると、タマはトタトタとこちらに歩み寄ってきて首を傾げる。

私の力がもっと強ければタマの話をたくさん聞いてあげられるのだけど、残念ながら今の私にはタマの声を聞くことができない。

代わりに、私はタマの頭に手を乗せるといいこいい子と撫でてあげた。

時計を見ると、もう午後二時を回っていた。

今日の店番は、本当なら午前十二時までだった。けれど、タマがいなくなってしまったので戻ってくるまでは待っていようと思ったのだ。タマが帰ってきたのなら、私も帰ろうかな。

「そろそろ私、帰りますね」

「いつもありがとうね。気をつけてね」

飯田店長にねぎらいの言葉をいただき、私は「はい」と頷く。そして、店内をぐるりと見回した。

「シロ。帰るよー」

声をかけると、トロリーケースの辺り、荷物が積み重なっていた隙間からシロが現れる。私がシロを抱き上げようとすると、シロはするりと体を捩ってその手から逃れた。そして、今戻ってきたばかりのタマのもとへと向かう。

「一緒に遊びたいの？　それはまた今度にしようね」

見た目が猫と子犬なので、シロとタマが遊んでいるととっても微笑ましく見える。けれど、それに絆されてずっと待っていたらあっという間に日が暮れてしまうだろう。

私がもう一度シロに手を伸ばすと、シロはその手を避けて「ニャー」と鳴いた。

「シロ、置いて帰っちゃうよ？」

私はいつになく物わかりの悪いシロを見下ろし、頬を膨らませる。

「タマも一緒に帰るって言ってるよ」

「え？」

私とシロのやり取りを眺めていた真斗さんの言葉に、私は動きを止める。

「タマも？」

「うん、そう」

真斗さんは頷く。

真斗さんはシロの言葉が理解できる。ということは、本当にそう言っているのだろう。

「いいのかな……」

付喪神様はご飯を食べないし、普通の人からは見えないので、連れて帰ったとしても特段問題はないのだけれど――。

私はちらりと部屋の端に置かれたトロリーケースを見た。

今の季節の紅葉を思わせるような鮮やかな赤の、可愛らしい旅行鞄だ。これがここに置きっ放しなのに、付喪神様であるタマだけ連れ出してしまっていいのだろうか。

「平気だろ。遠野さんだって、万年筆持ち歩いているわけじゃないだろ？」

「あ、そう言えば……」

以前は、思いついた創作のネタをメモするノートと文房具を鞄の中にいつも入れていた。けれど、ここ数ヶ月は持ち歩いていなかった。

「そういうこと。だから、大丈夫」

そういうことって、どういうこと？

とにもかくにも、真斗さんはシロと一緒にタマも連れて帰れと言いたいらしい。足下を見ると、タマの焦げ茶色のつぶらな瞳と視線が絡んだ。

「タマ、一緒に来る？」

タマは答える代わりに、尻尾と小さく左右に振った。

◇◇◇

以前は、何もしなくてもわくわくするような不思議なストーリーが次々に思い浮かんだ。

特に顕著だったのが、夢だ。

けも耳が生えた妖狐のイケメンデパート店員に接客してもらったり、学校にある日転校してきたのは正体を隠した修行中の魔女だったり、たまたま入った喫茶店はカフェオレを飲み終わるまでの間、異世界に繋がっていたり……。

毎朝目が覚めると、私は朝ご飯を食べるよりも先に愛用の万年筆を片手に創作ノートに文字を綴る。すぐに書き留めないと、内容を忘れてしまうからだ。

あんなバカなことをするまでは、創作ノートと万年筆を常に側に置くのは、お祖父ちゃんに万年筆を貰ってから何年も続く習慣だった。

けれど、創作ノートと万年筆を持ち歩かなくなった頃からそんな空想も浮かばなくなった。

——そう思っていたけれど最近あることに気付いた。

夢は変わらずに見ているのだ。

けれど、メモしようとする気がなくなった。私がそれで心を動かされなくなっただけ。

何かが変わったのではなくて、変わったのは私自身の意識なのかもしれない——。

私は何がしたかったんだっけ？

あの弾けるように広がる夢幻の世界にはもう二度と行けないのではないか。

そんな言いようのない焦燥感に駆られた。

◇　◇　◇

気が付いたとき、目の前には海が広がっていた。

足下を見ると砂浜ではなく、ゴロゴロとした丸い小石が落ちている。目の前に広がる海には左右にせり出すように背の高い岩山が突き出ており、その合間から水平線が見える。

水際に近付くと、海水は驚くほどに澄んでいて、透明な水越しに海底の小石が揺らいで見えた。

「ここ……、浄土ヶ浜《じょうどがはま》？」

どこかで見覚えたあるその場所は、何年か前に家族旅行で訪れた岩手県の浄土ヶ浜に似ていた。『さながら極楽浄土のごとし』と昔の人々に言わしめたその景色は、自然の造形美でありながら完全に計算しつくされた額縁の中の絵のようだ。

極楽浄土だなんて大袈裟だと思っていたのに、実際に目にすると想像以上の美しさにただただ驚いたのをよく覚えている。

ふと、波音に混じって楽しげな歓声が聞こえた。

声の方向に目を向けると、家族連れが波打ち際で遊んでいた。小さな男の子の兄弟がしゃがみ込み、水面を眺めていた。一箇所を指さして覗き込んでいるので、小さな蟹か魚でも見つけたのかもしれない。

「見つけた蟹さんは人に捕らえられたお兄ちゃんを探しにきた勇敢な少年で、あの子達に『助けてほしい』なんて言い出すかもね」

そんなおかしな空想が頭に浮かび、私はふふっと一人笑みを零す。

すると次の瞬間、ポンと煙が上がって兄弟が覗き込んでいた辺りに可愛らしい男の子が現れた。

忽然と現れた赤い袴姿の不思議な男の子は、目の前の兄弟に向かって声高らかに叫ぶ。

「大変じゃ。兄様が連れて行かれてしまった！　このままでは今夜の味噌汁の出汁になってしまう。なんとか助けておくれ」

「え、本当に⁉」

想像した通りの展開に驚いていると、袴姿の男の子が懐から紙を取り出してフーッと息を吹く。すると、空中にぼんやりとした穴が開いた。

「急げ。こちらへ」

袴姿の男の子がそこに飛び込むと、穴から顔を出して手招きをする。その場にいた幼い兄弟も次々に続いた。

これは結末を見届けなければ！

私は慌ててその三人を追いかけて不思議な穴へと身を投じた。

足が地面に着いて顔を上げると、目の前にはかの有名なトレビの泉があった。白亜のバロック建築の建物の前には大きな三体の彫刻が鎮座し、その前にも何体かの彫刻がある。そして、その彫刻を囲むように、建物に沿って円形の噴水が広がっていた。

実際には一度も行ったことはないけれど、ローマを舞台にした名作映画をレンタルして見たときにこの場所が出ていたので覚えている。それに、テレビなどで時々芸能人がロケしているのを見たことがある。

「あれ？　蟹の妖精さんは？」

辺りは観光客で溢れているのに、先ほど見かけた赤い袴の少年はどこにも見当たらなかった。

あんなに目立つ見た目の少年を見失うなんて！

目の前では、多くの観光客が泉に背を向けて立ち、後ろ向きにコインを投げて入れている。

「一枚入れれば、『またローマに帰って来られる』だっけ？」

鞄を開けて財布を取り出すと、中には日本円が入っていた。ユーロじゃなくても御利益があるのかはよくわからないけれど、せっかくなので五円玉を取り出して、背後に高く投げた。

「ご縁がありますように！」

ポチャンっと小気味よい音が耳に響く。

「これ、旅人よ」

高く澄んだ声が聞こえて驚いて振り返ると、泉の上に綺麗な女の人が浮かんでいた。文字通り、水面に浮かんでいたのだ。

身に付けているのは、背後にある彫刻が着ているような白い布だ。濡れて張り付いた布が妙に色気を感じさせ、思わず頬が赤らみそうになる。

そして、女の人は全身が鈍く光り輝いていた。

「そなたが投げ込んだのは、この銀のスプーンか、それともこの金の腕輪か？」

「へ？」

女の人は右手に銀のスプーン、左手に金の腕輪を持ってこちらを見つめる。

突然、何を聞かれたのか意味がわからない。これはかの有名なイソップ童話の『金の斧と銀の斧』の真似だろうか？

「五円玉です」

私は大真面目に答える。女の人はこくりと頷いた。

「正直者よ。心が清いそなたには、褒美に好きなところに行かせてやろう」

いやいやいやいや。おかしいでしょ！

またローマに帰ってこられるという願かけにコイン（といっても、五円玉だけど）を投げ込んだら、女神様が出てきて好きなところに行かせてやるですって？

突っ込みどころ満載すぎて、思わず笑ってしまう。

好きなところ？

じゃあ――。

「魔法の国に行きたいです」

「しかと聞き入れました」

女の人が手をかざすのと同時に、視界がぐわんと揺れた。

気付くと私はソファーに座っていた。足下には絨毯が敷かれ、ソファーにも織物のカバーがかかっている。頭の上には日よけのパラソルが広がっていた。

周囲をゆっくりと見渡す。視界に映る限り、一面の砂漠だ。

ここは砂漠……だろうか？

暫くすると、どこから現れたのか目元以外は黒い布で顔を隠した女性がティーポットを持ってきて、テーブルの上に置いた。

ティーポットは銀製で、橙色の室内灯の光を浴びて鈍く光っている。

手に持ってカップに注ぐと、スンと爽やかな香りが鼻孔をくすぐる。銀の蓋を開けて中を覗くと、予想通り中には新鮮なミントの葉が入っていた。

「フレッシュミントティーなんて、お洒落！」

砂糖がたっぷり入っているようで、一口飲むと、口の中にしっかりとした甘さが広がる。まるでジュースのような甘さに驚いた。

そのとき、私はティーポットの表面がくもっていることに気が付いた。つと、ポケットに手を入れ、持っていたハンカチでゴシゴシと擦る。

すると、どうだろう。

注ぎ口からもくもくとピンク色の煙が出てきて、見る見る間に私の目の前で男の人へと形を変えた。目元が涼しげな、ピンク髪のイケメンだ。耳には大きなわっか状のピアスをしている。

「親愛なるご主人様。わたしめを外に出してくれたお礼に、どんな願いでもひとつだけ叶えて差し上げましょう」

イケメンはこちらを見つめ、妖艶に微笑む。

どうやら、今度はランプの魔神らしい。

「ひとつだけ？」

こういうときって、『どんな願いでもみっつ』が定番じゃないの？

ひとつと言われて私はうーんと考え込む。

お金持ちになる？

とびきりの美人になる？

それとも、私だけの運命の王子様でも探し出してもらう？

「なんでもいいですよ。あなたが望むことをひとつだけ……」

私の望むものをひとつだけ――。

ランプの魔神が耳元に口を寄せ、甘く囁いた。


目を開けると、見慣れた景色が目に入った。

天井まで覆う真っ白な壁紙と、そこに取り付けられた丸形ライト。

首を回して視線を移動させると、お気に入りの水玉模様のカーテンの隙間から明るい光が差し込んでいるのが見えた。

「朝かな」

ぼんやりしながらカーテンを引くと、朝日が差し込んだ部屋の中は途端に明るくなる。

「なんか、変な夢だったな……」

場所がくるくる変わるだけでなく、蟹の妖精に泉の女神、最後は魔法のランプに入った魔神まで出てくるフルコースだ。

まるでたくさんの映画のダイジェストを見ているようだった。

机に置かれた時計を見ると、八時十五分を指していた。

「あ、いけないいっ！」

今日は朝から、亜美ちゃんと遊びにいく約束をしているのだ。午前十時に待ち合わせしているので、そろそろ起きて準備しないと間に合わなくなる。

慌てて立ち上がったとき、足下にもふもふしたものが触れる。

「あれ？　タマ？」

そこには、お座りしてこちらを見上げるタマがいた。

「あ、そっか。昨日……」

昨日、なかなか帰ろうとしないシロと一緒にタマも我が家に連れて帰ったのをすっかりと忘れていた。私はベッドに座ったまま手を伸ばし、タマの頭を撫でる。手のひらに柔らかな毛並みを感じた。一方のシロは私のベッドの足下付近に丸くなって眠っている。

（なんか、ペットみたい）

我が家はペット不可のマンションなので本物の犬や猫を飼うことはできない。けれど、もしも飼っていたらこんな感じなのかな。

お散歩なんかにも連れて行って――。

（あ、でも、タマは旅行鞄の付喪神様なのだから、旅行に連れて行かないとなのかな？）

そのとき、ふと気が付いた。

（今日の夢って、もしかして――）

パールネックレスの付喪神様であるミキちゃんは、もとの持ち主である路子さんとの思い出を、不思議な世界に導いて私に見せてくれた。

だから、あの夢もタマが不思議な力で見せてくれたのかもしれないと思ったのだ。

「今日の夢、タマが見せてくれたの？」

両脇の下に手を入れてタマを抱き上げると、目線を合わせる。

タマは肯定するように、私を見つめ返した。

「色んなところに行ったんだね。羨ましいな」

旅行は好きだ。気軽に非日常の気分を味わえるから。

お金が貯まったら、学生のうちに色んなところに行ってみたい。

にこりと笑いかけると、タマの尻尾が左右に揺れた。

◇　◇　◇

数日後、大学が終わった後につくも質店向かった私は、不思議な夢のことを真斗さんに話してみた。

「タマがあの夢を見せてくれたんだと思ったんですけど、どう思います？」

「そうかもな」

本を読みながら私の話を聞いていた真斗さんは、頬杖をつくとこちらに視線を向ける。少し伸びた前髪が、眼鏡にかかっていた。

「しかし、遠野さんの夢はだいぶ変わってるな。毎回そんなのなの？」

「え？　違いますよ。あんな色んな場所に行くのは――」

「違う、違う。魔神が出てきたりするやつ」

「ああ、それは――」

毎回そうかもしれない。

私の夢はいつも不思議な人達が現れて、突拍子もないことがおこるのだ。

「毎日映画見ているみたいで楽しそうだな」

真斗さんはくくっと肩を揺らす。

なんとなく気恥ずかしくなり、プイッとそっぽを向く。そのとき、部屋の隅に置かれたままの、紅葉色のトロリーケースが目に入った。

「真斗さん」

「何？」

「あのトロリーって、いくらですか？」

「欲しいの？」

「可愛いなって」

「確かに、お洒落だよな」

真斗さんは私の顔を見つめたまま、口の端を上げる。

可愛いから欲しいと思ったのは本当だ。

初めて見たときに、なんて素敵な旅行鞄なのだろうと一目で心を奪われた。特に、鮮やかな紅葉色の胴体部分と年季が入って濃い茶色に変色している皮の部分のコントラストが好きだ。

でも、それ以上に気になったのは……。

「真斗さん、前に『大切だからこそ、誰かに託そうと思ったんだ』って言ったじゃないですか。あれ、少し意味がわかった気がするんです」

あの不思議な夢を見た日、私は久しぶりに朝ご飯を食べる前に創作ノートを開いた。

万年筆を握って文字を走らせる。書き終えてキャップを嵌めると、目に入るのは何度も何度も眺めた白い星。

この万年筆を売らなくて、本当によかったと思った。でも、それは真斗さんが機転を利かせてくれたからたまたま売らなくてすんだだけだ。

もし売ってしまっていたら――これはあんまり考えたくないことだけれど――大切にしてくれる人のところで、たくさん使ってほしいと思ったと思う。

だから、私はタマの持ち主の佐戸さんも誰か大切に扱ってくれる人のところでたくさん旅行に使ってほしいと思ったのではないかと思ったのだ。

自分は病気のせいで旅行に行けなくなったから、せめて旅行鞄だけでも日本中・世界中を飛び回っていてほしいと思ったのかな、なんて。

ピロンとメッセージ着信音がして、真斗さんがスマホを開く。

すっくと立ち上がると、トロリーケースを持ち上げて私の横に置いた。

「あんたにやるって」

「……え？」

「親父から来た」
真斗さんはスマホの画面をずいっと差し出す。そこには真斗さんの『あげちゃって
いい？』という軽い問いかけに対して、『親父』と書かれた人物から『ＯＫ』とこれ
また軽い返信が届いていた。
「いや、でもそれは悪いんで」
「誕生日、たしか来月だろ？」
「誕生日？　はい。もうすぐです」
「誕生日プレゼントだよ」
思わぬ申し出に、私は戸惑った。
「それは申し訳ないので、お金を払いますよ」
「いらない。タマが行きたがらないから誰かに売ることもできないし、気にしなくて
いいだろ」
真斗さんは財布を出そうとした私を制止するように、片手を振る。
「あ、そっか。タマ、私で大丈夫かな？」
「佐戸さんに会ったその日にそんな夢を見せるくらいだから、タマはあんたのこと気
に入っているんだと思うよ。俺にはそんな夢、一回だって見せなかったけど、遠野さ
んに見せたんだから。使われてこその物だろ？　使ってやれよ」

私は言葉に詰まる。タマは静かに私を見上げていた。

(使われてこその『物』か……)

「私、この前飯田店長に教えてもらった瑠璃光院に行ってみたいな」

「あそこ、綺麗そうだよな」

「たくさんバイトしないと」

「頼んだ」

真斗さんが軽口を叩き、ニヤリと笑う。

学生だから金銭的に限りはあるけれど、色んなところに行きたい。最初は年末のお祖母ちゃんの家だろうか。そのとき、近くの景勝地に立ち寄ってみよう。

私はタマと視線を合わせるように、頭を低くする。

「ねえ、タマ。私と色んなところに行く？　それで、佐戸さんにも見せてあげようか？　タマは夢を見せる力もあるんでしょ？」

タマはきっと色んな場所を佐戸さんに見せてあげたいんじゃないか。

なんとなく、そんな気がした。タマを見る力がある佐戸さんなら、きっと喜んでくれるだろう。

それを伝えると、タマは嬉しそうに尻尾を振った。

第五話　PATEK PHILIPPE　カラトラバ

年の瀬も迫ったある日、大学の食堂でランチを食べていた私は、亜美ちゃんにとある場所へ行こうと誘われた。

「根津神社？」

「うん、根津神社。行ってみない？」

「いいけど……」

いいけど、と返事をしたものの、根津神社って何があるの？

その場でスマホで調べてみると、東京都文京区根津にある神社のようだ。

すぐに出てきたのは『つつじまつり』というつつじの花のお祭りだった。けれど、それは四月上旬から五月上旬までの開催なので時期が合わない。

目的がよくわからないけど、亜美ちゃんとお出かけするのは楽しいからまあいっか。

そんな軽い気持ちで私は頷いたのだった。

◇　◇　◇

約束の日、私は亜美ちゃんと地下鉄千代田線の根津駅の一番出口で待ち合わせした。

地上出口の正面を南北に走る不忍通りを北方向に歩き始めてすぐに、通り沿いの茶色い街灯に『文豪の街』と表示が出ていることに気付く。

すぐに到着した『根津神社入口』の交差点で右に曲がると、途端に目の前には長方形を敷き詰めた石畳の通りが広がった。京都や奈良、金沢の路地裏にでも訪れたような、レトロな雰囲気が漂っている。

その通りを歩くこと数分で、大きな石柱の看板と木製の鳥居が目印の根津神社の表参道が現れる。

鳥居は両手を回しても届かないような太い柱の立派なもので、上部には周辺の町名を記した、たくさんの提灯がぶら下がっていた。このサイズの鳥居は、都心部ではなかなか見かけない。

その参道門を抜けて石畳の参道を歩くと、すぐに池と橋、そしてその向こうには真っ赤に塗られた楼門が見えた。この季節、既に美しく色づいた赤や黄色の木々の葉はほとんどが落ちてしまっており、焦げ茶色の枝には僅かにだけ赤や黄色が残っている。

けれど、その少し物寂しい雰囲気が却って楼門の艶やかさを浮き立たせていた。

池の中央にかけられた橋から横を見ると、凍えるような寒さの中でもベンチに座って景色を眺めている人がちらほらと見える。今日は天気がいいので、ひなたにいてじっとしていると意外と暖かいのかもしれない。

「うわぁ。あれ、なんだろう?」

ふと反対側を向くと、鳥居が何重にも亘って設置されているのが見えた。まるで鳥居のトンネルのような光景に目を奪われる。

こんな景色、昔見たことがある気がする。あれは……家族旅行で行った京都の伏見《ふしみ》稲荷《いなり》神社だ。

「千本鳥居だね。後でくぐってみようよ」

「うん、そうだね」

そんなことを話しながら、私達は境内へと進む。

十二月の中旬という季節柄と平日なこともあり、ここを訪れる人はまばらで境内は落ち着きはらっていた。遅めの七五三をしたのか、袴姿の幼稚園くらいの子供を連れた家族連れとすれ違った。

社殿の前に立つと、亜美ちゃんと横に並んで二礼・二拍手・一礼。目を閉じて、顔の前で手を合わせる。

『素敵なことがありますように』とお願いした。

お参りが終わるとすぐ横のおみくじを引く。一〇〇円を入れて折りたたまれた紙を一枚取り出す。この紙を開く瞬間は、いくつになってもドキドキする。

「やった！　大吉！」

「え、いいな。どれどれ――やったー！　私も大吉だったよー」

社務所から少し離れたところで亜美ちゃんとハイタッチで祝福する。

おみくじなんて気休めでしかないと思っていたけれど、シロが付喪神様だというなら本当に八百万《やおよろず》の神々もいるのかもしれない。なら、神様にお参りした後の大吉はきっと当たっていそうじゃない？

その後、社務殿の反対側に進み、先ほど見た入口とは反対側から千本鳥居を通り抜けた。

実際に通り抜けると思ったよりも小さな鳥居で、女の私が屈まずに通り抜けられるぎりぎりの高さしかない。きっと、男の人なら屈まないと頭をぶつけてしまうだろう。

真っ赤なトンネルは、非日常を呼び起こす。

このトンネルを抜けたら、全く違う世界だったら？

もしかしたら、特別な使命を持った神様が現れて「世界を救うのを手伝ってくれ」なんて言い出すかも。実は私は伝説の陰陽師の末裔で、ひとたび式札に筆を走らせれば、最強無敵。そんな想像がぐんぐんと膨らんでくる。

「えーっと、これかな？　結構地味だね」

鳥居を全て抜けても、当然のことながら異世界には行かないし、神様を現れない。

代わりに、亜美ちゃんは笑顔でこちらを振り向くと、近くにあった大きな石を指さした。

「何が『これかな？』なの？」と私は首を傾げる。

「これ、『文豪の石』っていうんだって。夏目漱石《なつめそうせき》とか森鴎外がお散歩ついでにここに座って構想を練ったとか」

「へえ」

確かに、森鴎外の代表作の『雁』の舞台はまさにつくも質店がある無縁坂だし、夏目漱石の『三四郎《さんしろう》』の作中で三四郎と美禰子《みねこ》が出会った心字池《しんじいけ》は、今も東京大学本郷キャンパスの構内に残されて『三四郎池』と呼ばれているらしい。

今度、真斗さんにお願いして案内してもらおうかな。

でも、あの不愛想具合で「やだ」って言われてしまうだろうか。その表情が想像できて、思わず笑みが漏れる。

目の前の『文豪の石』なるものは灰色のなんの変哲もない大きな石だった。長細い形をしており上表面が平べったく、確かに座るのにはちょうどいいように見える。

「座ってみようよ。次のサークル誌用に、いいアイデアが湧くかも」

亜美ちゃんが石の前で手招きする。

「そうだね」

私は頷くとそこにぽすんと座った。

さっきまで頭の中に湧いていた異世界の陰陽師と神様のお話は、今のところそれ以上膨らまない。

また何か書きたいな、とは思うけれど、一貫して筋の通ったストーリーはなかなか浮かばないものだ。けれど、一旦駄目だと思ったネタでも少し経てば一気にストーリーが膨らんできたりもする。

──どうか、いいアイデアが湧いてきますように。

初冬の昼下がり、近づいてくる真冬の寒さを前に風は冷たいけれど、思ったよりも日差しがあれば温かい。目を閉じると、人のさざめきと僅かな風の音、そして鳥の囀りが聞こえてきた。

「亜美ちゃん、今日は誘ってくれてありがとうね」

何も相談なんてしていないけれど、きっと亜美ちゃんは私が創作活動で悩んでいることに気が付いている気がする。

入学当初、学科もサークルも一緒だった私達は、よくお互いにプロットを見せ合ってはああでもない、こうでもないと盛り上がっていた。それが、今年の初めを最後に、一切なくなったのだから。

「ううん、私が行きたかったの。ご利益あるといいね。頑張ろう」

亜美ちゃんはなんでもないように屈託なく笑う。

笑顔が眩しくて、その優しさが身に染みる。

いつか、自分の書いた小説でたくさんの人をこんな笑顔にできたらいいな。

そんなことを思って、胸がじんわりと温かくなってくる。ずっとやる気が起きなかった創作意欲が、久しぶりに回復してくるのを感じた。

「森鴎外記念館がここから近いみたいだから、ちょっと散策して帰ろうよ。まだ時間は平気だよね？」

亜美ちゃんはスマホで時間を確認すると、顔を上げる。今日はこの後、つくも質店にアルバイトに行くことを事前に伝えていたのだ。

「うん、大丈夫。行きたい！」

そこまで言って、私はふと、以前真斗さんに言われたことを思い出した。

「ねえ、寄り道してもいい？　根津駅の近くに美味しいたい焼き屋さんがあるって、知り合いに聞いたの」

「たい焼き？　いいね。寒いから温かいもの食べたい」

冷えた手を擦り合わせていた亜美ちゃんはパッと表情を明るくする。

その後、私達は不忍通り沿いにある真斗さんイチ押しのたい焼き屋さん『根津のたいやき』でたい焼きを買い、それを片手に周辺散策を楽しんだのだった。

もちろん、ここのたい焼きが大好きだと言っていた真斗さんにもお土産に買っておいてあげた。

◇　◇　◇

夕方になってつくも質店に行くと、そこにはちょっと懐かしい人がいた。

太ももの辺りまで隠れる黒いダウンの下からは細い足が覗いており、足下はハイヒールがきまっている。背中の真ん中まで伸びた茶色い髪の毛先はクリンとカールがかかっていた。そして、肩からかけている鞄の端っこには白い文鳥がちょこんと乗っていた。

「こんばんは、ミユさん」

私が背後から声をかけると、その女の人――ミユさんは驚いたように振り返った。

「あら。梨花ちゃん！」

表情を明るくしたミユさん。胸元には今日も、あのアルハンブラが輝いている。そして、ミユさんの正面にあるカウンターの上には大量の小箱や鞄などが置かれていた。

「買い取り希望でいらしたんですか？」

私は怪訝に思い、カウンターの上を眺めながらミユさんに聞く。

以前に真斗さんから、ミユさんは数ヶ月置きに買い取り希望で商品を持ち込んでくるとは聞いていた。

けれど、前回ミユさんがつくも質店にお客さんから貰った品物を売りに来たのは十月の半ばだったので、随分と早い。まだ二ヶ月弱しか経っていない。

それに、カウンターの上には前回より遥かに多い物量の品々が並べられていた。

「うん、そうだよ」

「今日は随分と多いんですね。もしかして、少し早めのクリスマスプレゼントでお客様にいただいたとか？」

「違う、違う」

ミユさんは片手を軽く振ると、楽しそうに笑う。そして、意味ありげにこちらを見つめた。

「私ね、お店を辞めたの。だから、私にはもう必要ない物を処分しに来た」

「辞めた？」

「そう。結婚しようと思って。でも、早く辞めすぎちゃって暇だったから、ものの試しにちょうど目についた採用面接を受けたんだ。先週から、アパレル関係の販売員をやっているの」

　私は暫く目を瞬かせてから、その意味を理解してどっと嬉しさが込み上げてくるのを感じた。

　その相手はもしかして――。

「淳一さんとですか？」

「うん。あの後しっかり二人で話し合って、とんとん拍子に話が進んで。婚約指輪も買ってもらったのよ。ほら」

　ミユさんは嬉しそうにはにかむと左手を顔の前で見せるように立てた。薬指には大きなダイヤモンドがついた指輪が光っている。

「わあ、素敵！」

　つくも質店の室内灯を受けてキラキラと輝くそれに、私は目を奪われた。ミユさんが指を僅かに動かすたびに、たった一粒の石から無数の煌めきが放たれる。

「これがミユさん――あ、汐里さんが欲しいって言っていた指輪なんですか？」

私は『ミユさん』と言いかけて慌てて『汐里さん』と言い直す。もう夜のお仕事を辞めたのだから、源氏名で呼ぶのはよくないと思ったのだ。

あのとき、淳一さんはミユさん改め汐里さんが欲しいという指輪をプレゼントしてけじめをつけたくて、副業を始めたと言っていた。

指輪を眺める私に、汐里さんは再び手を振ってみせる。

「ううん。これは御徒町《おかちまち》で買った。ルースを選んで、台座に嵌めてもらったの。昔淳一に欲しいって言ったブランドは、たいして何も考えずに口走っただけなのよ。無理して買ってほしいとは思わないし、好きな人にもらえるならどこのだって嬉しいでしょ」

ミユさんは少し照れたように笑う。

「御徒町？」

私は予想外の地名に首を傾げた。

御徒町とは、山手線で上野のとなりの駅だ。秋葉原《あきはばら》駅と上野駅のちょうど中間地点に位置しており、湯島からもそんなに遠くはない。距離で言えば五〇〇メートルくらいしか離れていないと思う。

確かに都心ではあるけれど婚約指輪を買うようなお洒落な街には思えなかったのだ。

「御徒町は貴金属の卸問屋街として有名なんだよ。宝飾店よりも廉価にいい石が手に入る」

汐里さんが持ち込んだ品々を査定していた真斗さんが顔を上げ、補足するようにそう言った。

立ち上がった真斗さんは、全ての査定結果と金額を汐里さんに提示する。量が多いだけに、なかなかの額だ。

「うん。じゃあお願いします」

汐里さんがそれでいいと言ったので、真斗さんはちょっと待っていてほしいと告げて奥へと向かった。カウンターには私と汐里さんが残される。

「梨花ちゃんはさ、なんでここでバイトを始めたの？　あんまり目立たない場所にあるのに。家がこの近所？」

「あ、いえ。そういうわけじゃないんですけど……」

汐里さんに聞かれ、私はおずおずと簡単にこれまでの事情を話し始めた。

私生活で上手くいかないときにちょっとたちの悪い男性に引っかかり、縁あってつくも質店で働くことになったと。

「ふうん、そうなんだ」

汐里さんはカウンターに肘をついたまま聞いていたけれど、ふと真面目な顔をした。

「ねえ。恋は常に、前だけを向いたほうがいいよ」

「え？」

「つまりね、後ろは振り返らない。振り返ったとしても、自分がいけなかったところだけを反省して、次に生かすだけ。たらればを考えても仕方がないし、間違っても気持ちのなくなった相手に縋り付いて復縁しようとか思っちゃ駄目。次の恋でもっと幸せになればいいの」

「はあ……」

大真面目な顔をした汐里さんを、私は毒気の抜けた顔で見返した。言われずとも、健也と復縁したいという気持ちは全くない。

汐里さんは私の表情からそれを感じ取ったのか、安堵したように息を吐く。

「梨花ちゃんは大丈夫か。真斗君、優しそうだもんね」

「へ？」

ぽかんとする私に対し、汐里さんはにやりと意味ありげに笑う。

その意味を理解した瞬間、耳まで赤くなるのを感じた。

汐里さんは未だに私がついた『真斗さんと付き合っている』という嘘を信じているのだ。

「お待たせしました」

あたふたしていると、すっかりと聞き慣れた、落ち着いた低い声がする。真斗さんの右手には、汐里さんに支払うためのお金が入った封筒があった。

「どうかしたの？」

顔を火照らせて耳まで赤くした私を見て、真斗さんは怪訝な表情を浮かべた。

「ううん、なんでもないよ。女同士の話。ね、梨花ちゃん」

汐里さんはくすくすと楽しげに笑った。

その日、私と真斗さんは汐里さんを門の外までお見送りした。無縁坂の通りに出ると、汐里さんはこちらを振り返る。

夜の仕事を辞めた汐里さんは、もうここにお客様のプレゼントを売りに来ることはない。もしかしたら、つくも質店に来るのもこれが最後かもしれない。

「今までありがとうね」

「はい。こちらこそ今までありがとうございました」

「一回も真斗君を接客できなくて、残念だったなぁ」

ちょっと不貞腐れたように汐里さんが口を尖らせると、真斗さんは苦笑した。汐里さんは口元に笑みを浮かべてそんな真斗さんから目を逸らすと、私を見つめてにこりと笑う。

「梨花ちゃん。よかったら、今度うちのお店に買いに来てね」

「はい、是非」

私は笑顔で頷き、その背中を見送った。

店内に戻ると、真斗さんと今日買い取ったものの撮影やネットショップへの登録を行う。数が多いだけに、気付けば窓の外は真っ暗になっていた。

時計を見ると七時近い。そろそろ帰らないと。

「遠野さん、帰り送って行くからちょっと待っていて」

「え？　いいんですか？」

帰る準備をしようと鞄を整理していた私は、思わぬ申し出に顔を上げた。

つくも質店がある無縁坂は閑静な住宅街にあり、さらに片側が旧岩崎邸庭園になっているため、夜になるととても静かだ。人通りがほとんどなく、正直言うと一人歩きはちょっぴり寂しい。

「うん。弁当屋に行こうと思って。今年からおせち料理を始めたらしくて、親に注文を頼まれたんだけど、サンプルを見たいなって思ってさ」

「お弁当屋？　もしかして、いつも頼んでいるところですか？」

時々、親が不在のときなどにつくも質店で夕食を一緒にとることがある。いつも真斗さんが頼んでくれるご贔屓のお店のお弁当を食べるのだが、これがとっても美味しいのだ。

契約農家から取り寄せたお米を釜で炊き上げていると聞いたけれど、米は産地でこんなにも違うものなのかと驚くほど。

「うん、そう」

真斗さんは座卓に積まれていた書類の中から、カラフルなチラシを一枚取り出した。カラーの両面刷りで、色鮮やかなおせち料理の写真が載っている。

「あそこのお弁当、美味しいですよね」

「ソウダロ？　ウマイダロ？」

真斗さんに話しかけたのだが、フィリップが代わりに応える。なぜかフィリップは、異様にあそこの弁当推しなのだ。

「あのお弁当屋さんって、湯島駅にあるんですか？」

「うん、そう。湯島天神のすぐ裏のあたりだよ」

「へえ。私も見てみようかな」

湯島天神は湯島駅のすぐ近くにある天神様で、学業の神様である菅原道真公《すがわらのみちざね》を祀っている。今の時期は受験を控えたお子さんを持つ親御さんが多いが、年間を通して資格試験を控えた受験生もよく訪れるという。

我が家のおせち料理は毎年お母さんが作ってくれる。けれど、湯島だったら上野公園にも近いので、なんかのときにお弁当を買うことがあるかもしれない。お花見とかで利用できるかな。

「じゃあ、一緒に行こう」

真斗さんは壁にかけたダウンコートを羽織り、ポケットに財布とスマホを突っ込んだ。

◇　◇　◇

真斗さんに連れられて向かったのは、ごく普通の小さなお弁当屋さんだった。

間口は三メートルほどだろうか。『天神下　かすや』と書かれた木製の看板がかかっており、ガラス張りの明るい店内は商品置くためのカウンターが幅をとっている。よくある一般的なお弁当屋だと思う。

カウンターの三分の一を占めるようにおせち料理のサンプル品が飾られており、足下でタマとシロが興味深げにそのサンプル品を眺めている。

「こんにちは」

真斗さんが声をかけると、すっかりと顔なじみなのか、カウンターに立っていた中年の女性は表情を和らげた。

「あら、こんにちは。今、主人を呼びますね」

「いいえ、お忙しいと思うので大丈夫です」

「いいのよ。せっかく来てくれたんだから」

そう言うと、女性一旦奥へと消える。暫くすると、どこか見覚えのある男性が現れた。

短く切った髪、少し垂れ気味の二重の瞳、面長で優しそうな男性だ。カウンターの女性とは夫婦だろうか。顔は似ていないのに、どことなく雰囲気が似ている。

真斗さんの肩に乗っていたフィリップがばさりと羽ばたき、その男性の肩に乗った。私はギョッとしたけれど、当の本人にはフィリップが見えていないようで、何事もないように表情を綻ばせた。

「飯田さん、いつもありがとうございます」

「いえ、こちらこそいつもありがとうございます。粕谷《かすや》さんご本人がお店にいらっしゃるなんて珍しいですね」

「はい。さっき、営業先から戻ってきたんですよ。今度、埼玉にあるデパートの特設に入れてもらえることに――」

そんな会話をしながら、真斗さんと男性は親しげにお喋りしている。『粕谷さん』というのがこの男性の名字なのだろう。

「そうだ、ちょうどよかった。年末年始に父が帰宅するので、時計を出そうと思いまして」

「ああ、そうですか。承知しました。すぐにご用意できるようにして、お待ちしています」

真斗さんはにこりと微笑んでそう言うと、カウンターの一部を占めているおせち料理へと視線を移動させる。粕谷さんから中身を説明され、結局、三～四人前の二段重箱を予約していた。

◇◇◇

「なんか、シンプルなのにかっこいい腕時計ですね」

今年も残すところあと数日。

アルバイトでつくも質店を訪れた私は、真斗さんが綺麗に拭いていた腕時計を眺めてそんな言葉を漏らした。

金色の丸い縁に囲まれ、時刻を表す放射状の短い棒とブランド名だけが表記された白い時計盤。ベルトは黒の革製で、落ち着いた雰囲気を放っている。

この時計の印象を一言で言うならば、『とてもシンプル』だ。

なのに、一目見たら引き込まれるような魅力がある。まるで、絶対的な自信があるかのような重厚感があると言うか。

時計盤の中央上部のブランドのロゴには、『PATEK PHILIPPE』という文字が入っていた。

「買い取り希望が入ったんですか？」

「いや、違う。粕谷さんが今日、時計をとりに来るはずだから」

粕谷さんと聞いて、すぐに先日弁当屋さんで喋った物腰の柔らかい男性が脳裏に浮かぶ。

「ドウダ。オレ、カッコイイダロ？」

真斗さんの横で時計を眺めていたフィリップが得意げに体を揺らす。

「これ、フィリップなの？」

「ソウダ」

「じゃあ、粕谷さんが持ち主？」

「マサルダ。コノママエアッタダロ」

「へえ……」

　私は改めてその腕時計を見つめた。

　少しアンティークっぽい雰囲気もあるその時計は、とても洗練されたデザインだ。無駄なものが一切ない。

　フィリップに散々『かっこいい時計』と聞いていた私は、勝手に文字盤から機械仕かけが半分見えているとか、時計の枠からねじ回しが何個も飛び出ているとか、そんなごっつい時計をイメージしていた。

　初めて見るその実物と、想像との違いに驚いた。

「なんて読むんだろ？」

「『パテック　フィリップ』ダ」

「パテック　フィリップ？　フィリップ……。もしかして、フィリップの名前ってここから取ったんですか？」

　私は真斗さんに話しかける。

「うん、そう」

　真斗さんは作業しながら短く返事した。

「……………。ちなみにタマの名前は由来とかあるんですか？」

「タマはグローブトロッターの『グローブ』から取った。日本語で『球』を意味するから、タマ」

「へえ……」

なんてことだ！

有名映画の王子様の名前を腕時計の付喪神様に付けるなんて、真斗さんってば見た目によらずロマンチックな人なのね、と内心で大笑いしていたのに、ロマンチックな奴は私だったらしい。

王子様は全く関係なかった。

そして某国民的人気アニメも関係なかった！

「これって、有名なメーカーだったりするんですか？」

私は両手を畳につき、座り込んで作業する真斗さんの手元を覗き込む。

パテック　フィリップ。私は聞いたことがない腕時計メーカーだ。

見るのも、多分初めてのような気がする。

「世界最高峰とも言われる腕時計メーカーだよ」

真斗さんはその腕時計を私に見せるように、目線の高さに上げた。

「二〇一九年に、ここの腕時計がオークションに出されたときのニュースが流れていたんだけど、いくらだと思う？」

「オークション？」

真斗さんの意味ありげな聞き方に、私は眉を寄せる。

以前、真斗さんからシャネルのマトラッセの値段を聞かれて大外ししたことがある。この流れは、きっとそのオークション金額はびっくりするほど高額だったに違いない。

びっくりするほど高額っていったら一体いくらくらいだろう？　全然想像がつかない。

でも、ただの時計だし……。

私はうーんと悩み、おずおずと金額を言った。

「一〇〇〇万円！」

真斗さんはゆっくりと口の端を上げ、ニヤリと笑う。

「外れ。正解は約三十四億円」

「さ、三十四億⁉」

想像を遥かに超えた高額具合に、思わず素っ頓狂な声を上げてしまった。

時計に三十四億円って何？

都心の一等地にビルが買えちゃうんじゃないの⁉

「それが腕時計の落札額としては過去最高額のはず。その前の時計の過去最高落札額は二〇一四年のオークションで出された。それも、これと同じパテック　フィリップ社の懐中時計だった」

「うそ……」

あまりにスケールのでかい価格に唖然としてしまう。

フィリップって、そんな凄い時計なの？　ただのお喋りなインコだと思い込んでいたのに！

「もしかして、この時計もウン億円？」

うっかり触って傷なんてつけたら大変だ。一生かけても払えない借金を負う羽目になる。

私はちょっと遠巻きにその腕時計を眺めつつ、恐る恐る尋ねる。

真斗さんは数回目を瞬き、けらけらと笑った。

「そんなにしないよ。そもそも、ウン億円のものを質入れするっていうことは、うちがその額を相手に貸し付けるってことだぞ。さすがに無理だろ」

真斗さんは肩を揺らしながら、手に持っていたフィリップが宿るというその腕時計を置いた。

「これはパテック　フィリップ社の『カラトラバ』っていうシリーズだよ。今の定価は……二、三〇〇万円くらいじゃなかったかな。このブランドの代表的なモデル」

室内灯を浴びた時計の金縁が鈍く光る。

私はおずおずと、その時計を覗き見た。クリーム色の文字盤には枠と同じ金色の針が嵌っている。そして、文字盤の六時の位置には独立した秒針盤がついていた。

「全部、一流の職人が手作業で作製している。親から子へ、子から孫へ受け継ぐ時計って言われていて、永久修理保証なんだよ」

「全部手作業？　永久？」

見たことはないけれど、時計というのは工場の機械が勝手に組み立ててでき上がるイメージがある。それなのに、全部手作業なんて凄い。しかも、永久修理保証だなんて。

「凄いだろ？」

「凄いです！」

「オレ、マダコワレナイカラシンパイシナクテモダイジョウブダ」

会話する私と真斗さんの間に、フィリップがトントンとやってくる。

「そうだな。悪かった」

真斗さんは苦笑すると、軽口でフィリップに謝罪した。

◇◇◇

フィリップの持ち主である粕谷さんは、それからほどなくしてつくも質店に現れた。

時折つくも質店にお弁当を届けてくれるときのお店の制服ではなく、濃紺のパンツに太ももの途中くらいまでの丈の黒いコートを羽織った、小奇麗な普段着だ。

粕谷さんに気付いた真斗さんはすぐにあらかじめ準備していた腕時計をカウンターに持ってきた。

「お待ちしておりました。お間違いがないか、ご確認をお願いします」

真斗さんに差し出された腕時計を手に取った粕谷さんは、その時計をじっと見つめると裏を見る。そして、ほんの少しだけ口角を上げた。

「ええ、間違いありません」

「お預かりしている間もこまめに動かしていましたので、問題なく動作するかと思います」

「ええ、そうですね。いつもありがとうございます」

腕時計とスマホの時間が一致していることを確認すると、粕谷さんは満足げに頷いた。

「お正月に父が戻って来るんですよ。そのときに付けたいと思いまして」

粕谷さんがそう言うと、フィリップが首と羽を揺らした。

「オレヲサイショニカッタ、ヒロシガクル」

――え、そうなの？

そう聞き返しそうになって、慌てて口を噤む。ここでフィリップに話しかけたら、完全に私がおかしな人だ。

「うち、あんな小さな店舗ですけど、昔は凄く繁盛していたんですよ」

「そうなんですね」

私は笑顔で世間話を始めた粕谷さんを見返す。弁当屋『かすや』のお弁当はとても美味しいので、繁盛していたというのは想像がつく。

「ええ。あの辺りは少し歩けば至る所に会社の事務所なんかがあるから。仕事途中のお昼ご飯や会議での仕出し弁当に重宝されていて、結構売り上げていたんですよ。私がまだ子供の頃です」

粕谷さんは昔話をしたい気分だったのか、その時計を眺めながら、その後もぽつりぽつりとお店のことを話し始めた。

「あの頃は日本全体の経済がぐんぐん伸びていて、ちょっとくらい高い弁当でも飛ぶように売れました。むしろ、高いほうが売れるくらいだった。おかげでうちは景気がよくて。あの頃は、両親は高級車に乗って、いい物を着ていたな。家にもお手伝いさんがいて、僕は私立の小学校に行ってね」

「へえ。凄いですね」

話に聞き入りながら、私は相槌を打つ。

高級車にお手伝いさん、私立小学校。

どれも私には縁のないものだ。きっと、さぞかし景気がよかったのだろう。

「その頃、父がこれを買ってきました。僕はまだ子供だったから正確なことはわからないけれど、当時のサラリーマンの平均年収よりも遥かに高かったっていうのは、両親の会話から知っています。よく父は『これは勝《まさる》が大人になったら譲ってやる』って言ってね。高級時計は何個も持っていたけれど、これが一番のお気に入りだった。──たぶん、自分が人生で成功した証みたいに思っていたんだと思います」

勝さんは手元の時計を眺めると、懐かしそうに目を細めた。

「それが、景気の停滞と共にうちの業績も傾いてきて──」

勝さんによると、勝さんのお父さんは中学校を卒業してすぐに地元の弁当屋に就職して修業を積み、その後独立して弁当屋『かすや』を一代で築いたという。

独立当初は日本全体が好景気に沸いており、『かすや』の業績も右肩上がりだったらしい。都内に数店舗を構え、順風満帆の経営者人生。

それが、景気低迷と共に崩れた。

勝さんのお父さんは売り上げが落ち始めても、商品や売り方を変えなかった。無から財を成したという自身の成功体験が、変化する姿勢を阻害したようだ。

さらにそれに追い打ちをかけたのが、廉価な弁当を販売する大手チェーン店の進出だった。

「店舗を畳んで、親せきや銀行に金を貸してくれって頼んで回って……。頭を下げる父を見るのは辛かったな。家にあった金目のものはほとんど売り払った。僕は学費を浮かすために国立大学に通いながらバイトして学費を稼いで。あのときはつくも質店さんにもお世話になりました」

「いえ。俺は幼稚園前だったんで、あんまり覚えてないです」

真斗さんは突然話を振られて苦笑いする。勝さんは「それもそうだ」と笑った。

「けど、この時計だけは絶対に手放したくないって言っていたんですよ。父が頑として売ろうとしなかったのは二つだけ。結婚指輪とこれです」

そう言うと、勝さんは腕時計を親指の腹で撫でた。私はその様子を眺めながら、おずおずと口を開く。

「そのチェーン店さえなければ、とかは思わなかったんですか？　憎いとか」

「憎い？」

勝さんは怪訝な表情をして顔を上げた。

私がその立場だったら、あのチェーン店が来たせいで、とか逆恨みしてしまいそうな気がする。それを伝えると、勝さんは手を振った。

「そりゃあ、僕も人間だから。絶対にあのチェーン店では弁当を買ってやらないとかは思いますよ。はっきり言って大嫌いだ。でも、憎いっていうのはないかな。むしろ、なぜうちは駄目なのに、あそこの店は繁盛するのだろうかって思いましたね。うちになくてあそこにあるのはなんなのか。事業規模の違いはあるけれど、それ以前の問題もあるんじゃないかと毎日毎日必死に考えた。味は負けてないって自信があったから」

勝さんの表情は、とても穏やかだ。

私に経営のことはよくわからないけれど、この人はこの謙虚な姿勢と不屈の精神があるからこそ『かすや』を潰さずにここまでやってこられた気がする。

「老人ホームに入っている親父が正月は一時帰宅するから、これを付けている姿見せて安心させてやりたくて。売らずに会社を立て直しているよ、ってね」

勝さんは時計を持ち上げてそう言うと、にこりと笑った。

借り入れていたお金の支払いを勝さんが済ませた頃には、フィリップはいつの間にか、勝さんの肩にちょこんと乗って澄まし顔をしていた。

「ジャーナ。マナト、リカ」

いつもならずっとお喋りしているくせに、別れはやけにあっさりだ。私は肩に緑のインコを乗せた勝さんの後ろ姿を、その姿が見えなくなるまでお見送りした。


「お前、なんで泣いてるの……」

お見送り後にうっすらと目に涙を浮かべていた私を見て、真斗さんはギョッとした顔をした。私はハンカチを鞄から取り出して、ぐいっと顔を拭う。

これでフィリップとお別れかと思うと、やっぱりどうしても寂しい。そう訴えると、真斗さんははあっと息を吐いた。

「仕方がねーな。今日は俺が話し相手をしてやろう」

「なんですか。その上から目線」

「多分その涙、無駄になるな」

「ええ？」

何を言っているのか意味がわからない。

それでも一応気を使ってくれていたのか、次につくも質店に行ったときには本郷三丁目の交差点前にある和菓子屋『三原堂《みはらどう》』の看板メニューである『大學最中《だいがくもなか》』が置かれていた。どうしたのかと聞くと「遠野さんが好きそうだから」と。

「ありがとうございます」

「別に。研究室に行くついでだから」

真斗さんはちらりとこちらを見たが、すぐに目を逸らす。

はて。

東京大学の工学系の校舎は広い本郷キャンパスの北側に集中している。つくも質店から行くには、鉄門から敷地内に入って北上するので、南側に位置する本郷三丁目交差点なんて、途中で通らないはずだけど？

無性におかしくなって、笑みが漏れる。

本当に、ぶっきらぼうに見えて優しいなぁ。

真斗さんが淹れてくれた熱々の麦茶と一緒に大學最中をいただくと、さくりとした軽い食感と共に口の中に優しい甘さが広がった。

◇　◇　◇

お正月が明けたこの日、私はつくも質店へ向かうため、無縁坂を一人下っていた。

なぜ下っているかと言うと、今日は新年最初のつくも質店のバイトの日なので、お土産を買うために寄り道して本郷三丁目駅から来たからだ。

買ってきたのは護国寺《ごこくじ》駅近くにある『群林堂《ぐんりんどう》』の豆大福！

護国寺駅とは東京都文京区音羽にあり、つくも質店がある位置から見ると北西に位置している。地下鉄丸ノ内線で本郷三丁目駅から二駅の茗荷谷《みょうがだに》駅からも歩ける距離なので、わざわざ買いに行ってしまった。

結構歩くけど、美味しい物のためならなんのその。

ここの豆大福はとろーりあんこが本当に絶品で、真斗さんは絶対に好きだと確信している。

「こんにちは！　明けましておめでとうございます‼」

引き戸を開けてカウンターの向こうに元気よく挨拶すると、「明けましておめでとう」と返事が返ってきた。

ついでに「アケマシテオメデトウ」とも。

私はその光景に暫く目を瞬かせる。

そこには、まるでそこにいるのが当然かのような様子でフィリップがいたのだ！

本を読んでいる真斗さんの肩でちゃっかりと羽を休めている。

「な、なんで？　なんでフィリップがいるの⁉」

驚きのあまり、礼儀作法も忘れて指を差してしまった。つい二週間前くらいに、勝さんと一緒に家に帰ったはずなのに！

「オレ、モドッテキタ」

「ええ⁉」

状況が上手く呑み込めない。

「だからあの涙、無駄になると思うって言っただろ？」

本にしおりを挟んで顔を上げた真斗さんは、こちらを見てにやりと笑った。

「どういうことですか？」

「ああ、それは――」

真斗さんはくすくすと笑いながら、呆気にとられる私に説明を始める。

勝さんは高齢になって体が不自由になった父親から弁当屋『かすや』を引き継いで今年で四年目になるが、あの腕時計を質入れしたことを父親には伝えていないらしい。

そのため、年末年始に父親が老人ホームから一時帰宅する際はいつも一旦質から出して見せているそうだ。そして、それが終わるとまたつくも質店に質入れにやって来るという。

今年も恐らくそのパターンだろうなと真斗さんは予想していたらしい。

「じゃあ、お父様に万が一があったら、腕時計を売ってしまうんでしょうか？」

私は眉を寄せた。

そんな理由なら、年末年始のお父さんの一時帰宅がなければフィリップはいらないってこと？

「マサルハオレ、ウラナイゾ」

フィリップはすかさず否定する。

「そうだな。俺も売らないと思う。勝さんは父親がどんだけあの腕時計を大事にしていたか知っているし、前に『腕時計を質入れしたのは、頑張ろうと背水の陣を敷いたから』って言っていたし」

「どういうことですか？」

「つまり、きちんとコンスタントに稼がないとあの時計がなくなるっていう状況に自らを追い込んで、自分を叱咤しているんだろ。もう本当は質入れなんてしなくていい状態だと思うんだけど、油断するとあのときみたいになるぞっていう戒めみたいなもんかな。最盛期と同じ規模に盛り返したら、そのときは胸を張っていつもあの腕時計を身に付けたいって言っていたから」

「なるほど」

質屋で質流れを防ぐには、定期的に質料を支払う必要がある。一見するとそれは無駄な出費に思えるけれど、勝さんにとっては自分が頑張るための景気付けになっているのだろう。

「トイウコトデ、コレカラモヨロシクナ」

「うん、よろしく」

私は笑顔でフィリップに挨拶を返した。またフィリップとわいわいできるなんて嬉しい！　でも、それはまだ勝さんが四苦八苦しているってことで、それはそれで複雑で――。

「オレ、マサルノトコロニカエッタラ、リカガベントウヲカイニクルトイイ」

フィリップはそんな私の胸の内を感じ取ったようで、そう言ってくちばしを上げると、羽を広げて見せた。

「そうだね。帰らなくても買いに行くよ。ところで――」

静かな和室をぐるりと見渡す。

昔ながらの和室には床の間があり、小さな鏡餅が飾られている。和室の端にはお客さんからだろうか。届いたお歳暮の箱がたくさん積み重なっていた。

ちょっとした違いはあるけれど、いつもと同じ光景だ。つくも質店はシーンと静まり返っている。

「店長はこんな新年早々から出張査定ですか？」

「いや。初詣に行っているよ。お袋と」

「……お袋？」

　私は真斗さんから初めて聞くその単語に目を瞬かせる。

「うん、そうだけど？　普段は駅前にある買取り専門の分店にいるからいないけど、年末年始はあっちは閉めてるんだ」

「あ、そうなんですか」

　真斗さんはなぜ私が不思議そうにしているかわからないようで、怪訝な表情で私を見返す。

　いつ来ても真斗さんと飯田店長の二人しかおらず全くお母さんの気配が見えないから、私は勝手にお母さんはいないものだと思い込んでいた。

　なんと、ただ単にお仕事中だっただけのようだ。慌ててへらりと笑ってごまかした。

「後で紹介するよ」

「はい。ありがとうございます」

「遠野さんは初詣に行った？」

「私、まだ行っていないんです」

「俺も。じゃあ、親父達が戻ってきたら一緒に行く？　って言っても、下の天神様だけど」

下の天神様とは、坂を下った場所にある湯島天満宮――通称『湯島天神』のことだろう。

「はい、行きたいです！」

「ん」

私は表情を綻ばせると、真斗さんは柔らかく微笑む。

「オレモイク」

フィリップがすかさずそう言うと、膝に片足を乗せたシロが「ニャー」と鳴き、足下にいたタマが尻尾を振る。

なんとなく、今年は楽しい一年になりそうな予感がした。

エピローグ

湯島天神はつくも質店から無縁坂を下り、天神下交差点で春日通りを越えた向こう側にある。いつも利用している湯島駅から徒歩数分なのに、なんとなく行く機会がなくて私が訪れるのは今日が初めてだ。

ちょっとわかりにくい小路を入ると『おんな坂』と書かれた石碑が道端に置かれていた。上を見上げると、坂というか、石畳の階段がある。その階段を上まで登りきると湯島天神の社殿がある。

階段を上っていた私は、ふと鞄から振動を感じて立ち止まって中を覗く。案の定、中に入れたスマホはメッセージが届いたことを報せる緑のランプが点滅していた。

『今度ライブやるから、よかったら来ない？』

画面を見て呆れてしまった。

よくもあんな別れ方をした元彼女にこんなお誘いをできるものだと、その神経の図太さに尊敬の念すら湧いてくる。きっと、よっぽど集客が悪くてスマホに入っている連絡先に片っ端から連絡をしているのだろうと容易に想像がついた。

『いかない』

そこまで打って手を止める。

いや、むしろ行って、ちょっとしかいないお客さんの前で、この人はとんでもなくひどいクズ男だってぶちまけてやろうか。それとも、相変わらず売れてなくってざまあみろって言う？

そんな意地悪な考えが湧いたけれど、すぐに私は小さく首を振る。

そんなことをしても、きっと自分が虚しくなるだけな気がする。

「どうかしたのか？」

私がとなりにいないことに気付いた真斗さんが、こちらを振り返って怪訝な顔をしていた。

「いえ、なんでもありません」

私は少し考えて、打った文字を消すと代わりにブロックをした。そして、笑顔で真斗さんのほうへ駆け寄る。

人を恨んでも、過去に囚われても、仕方がない。

とびっきり素敵な女性になって、あの頃は自分も若かったと笑っていたい。

きっとこんなふうに私が思えるようになったのは、真斗さんやつくも質店で出会った人々との交流があったからだろう。

「真斗さん、ありがとうございます」

「何が？」

「色々と、です」

意味がわからないようで毒気を抜かれたような表情をした真斗さんは、こちらを見下ろすと「変な奴」と言ってくすりと笑った。

あどけない表情に、胸がトクンと跳ねるのを感じた。

「そういえば、年末年始にタマを使ってお祖母ちゃんの家に行きました」

なぜか頬が赤らみそうになり、私は慌てて話題を変える。

「へえ、どこ？」

「栃木です」

「タマも喜んでいたんじゃない？」

「はい、とっても」

私は笑顔で頷く。

まだ一回しか使っていないけれど、今年中に何回か使えたらいいなと思った。

まだ新年の参拝者で溢れる湯島天神の大きな本殿にお参りしてから、ふとここの天神様もシロやフィリップのように姿があって、お喋りをするのだろうかと思った。

「……真斗さん。私、今年は小説を書きたいなって思っているんです」

「うん」

「ちょっと不思議なお店が舞台の、ヒューマンドラマなんてどうかなあって」

「ふーん。いいんじゃね」

真斗さんは穏やかな笑みを浮かべて相槌を打つ。

胸の内にほっこりしたものが広がる。

私は人の邪魔にならないように境内の端によると、鞄から最近また持ち歩くようになった創作ノートを取り出す。これまで思いついた全てのアイデアが、ここにしたためられていた。

昔のように黒いキャップについた白い星をじっと見つめてから、万年筆を走らせる。

『無縁坂の思い出帖』

なんかしっくりこない気がして、斜線を引く。

『付喪神が言うことには』

よし、これでいこう。

今ならきっと、素敵なお話が書ける気がする。

笑顔で万年筆のキャップを閉じると、足下にいたシロと目が合った。

「頑張るニャ」

「……え？」

確かにそう聞こえた私は、呆然としてシロを見つめ返した。

「ま、真斗さん！　今、シロが喋った！」

「は？　いつも喋っているだろ」

「違くって！」

私に腕を引かれた真斗さんは呆れたようにこちらを見下ろす。

「私にも聞こえたんですよ！」

「ふーん、よかったな」

「もっと感動してくださいよ！」

「いや、俺は最初から聞こえているから」

「もー！」

「わかった、わかった。凄い、凄い」

真斗さんは不貞腐れる私を見て肩を揺らす。

「帰ったら熱々の麦茶を入れてやるから、お土産に買ってきてくれた大福をお祝いがてら一緒に食おうぜ」

「真斗さんの麦茶は淹れるのに四〇分くらいかかるじゃないですか」

「旨いものをつくるのに手間暇を惜しんじゃダメなんだよ」

私はむうっと口を尖らせる。

なんとなく、いいようにあしらわれている気がする。

「でも……ま、いっか」

そして私達は二人肩を並べ、無縁坂を上ってゆく。

見上げればあの日のような、抜けるような青空が広がっていた。

〈了〉

京都桜小径の喫茶店
～神様のお願い叶えます～

卯月みか　装画／白谷ゆう

付き合っていた恋人には逃げられ、仕事の派遣契約も切られて人生のどん底の水無月愛莉。そんな中、雑誌に載っていた京都の風景に魅了され、衝動的に京都「哲学の道」へと訪れる。そして「哲学の道」へと向かう途中出会った強面の拝み屋・誉との出会いをきっかけにたどり着いた『Cafe Path』で新たな生活をスタートするのだが……。古都京都を舞台に豆腐メンタル女子が結ばれたご縁を大切に、神様のお願い事を叶える為に奔走する恋物語。

檸檬喫茶のあやかし処方箋

丸井とまと　装画／六七質

あやかしを視る力を持ち、その力のせいでいじめられた過去のある清白紅花は人と関わらないように高校生活を送っていた。 しかし、とある事件をきっかけにクラスメイトの八城千夏が祖母の営む喫茶店を訪れることに。紅花と祖母が住む、喫茶店「檸檬喫茶」には不思議な檸檬の木が生えていて……。優しくて、ちょっぴり切ない、人とあやかしとの交流の物語。

古都鎌倉、あやかし喫茶で会いましょう

忍丸　装画／新井テル子

恋人に浮気され、職も失った詩織は、傷心旅行で古都鎌倉を訪れる。賑やかな春の鎌倉の地を満喫しながら、休憩場所を求めてたどり着いたのは、ある一軒の古民家カフェ。〝あやかしも人間もどうぞ〟――怪しすぎる看板を掲げたカフェの中で詩織を待っていたのは、新鮮な鎌倉野菜と地魚を使った絶品料理、そして「鬼」のイケメンシェフと個性豊かなあやかしたち。ひょんなことから、詩織はそのカフェで働くことになるのだが……。元 OL のどん底から始まる鎌倉カフェライフスタート！

鴻上眼科のあやかしカルテ

鳥村居子　装画／鴉羽凛燈

「はっきり言うとお前は呪われている」

再就職先での出勤初日、看護師の月野香菜は院長の鴻上医師にそう告げられる。戸惑いながらも、看護師を続けるために呪いには負けていられないという強い気持ちを鴻上にぶつけると、その日のうちにあやかしの患者がいる病棟に配属となる。人語をしゃべる子狸やあやかしが視えなくなった占い師、色覚異常の管狐など、あやかしの存在に触れ、自身の看護師としてのあり方を探る香菜だったが……。

厨娘公主の美食外交録

藤春都　装画／ゆき哉

西洋列強に敗戦し、風前の灯となった崑崙国。皇帝の〝不吉〟な双子の妹である麗月は、ひょんなきっかけから敵国であるプロージャ帝国の大公・フリートヘルムと協力することに。料理の腕を買われた麗月は、伝説の〝厨娘（チュウニャン）〟として祖国の命運を賭けた食卓外交を繰り広げることになるのだった―。西洋列強の公使たち、傀儡の皇帝、権力を握る聖太后、そして暗躍する謎の影……！美形だけど嫌味な大公殿下・フリートヘルムとともに、麗月は祖国を救えるのか！　中華×グルメ×政治×イケメン？！　厨娘公主による美食外交が今、ここに始まる！

隣の席の佐藤さん２

森崎緩　装画／げみ

高校最後の１年も折り返し。文化祭のクラス演劇で、笑いもの必至の役になった山口くんは憂鬱な日々を過ごしていた。しかし、練習が始まると繰り返し同じセリフを失敗する佐藤さんが笑いの的になってしまい――。甘酸っぱくてちょっと切ない、山口くんと佐藤さんの日常を描いた青春ストーリー！　最後の文化祭から高校卒業までを描いた「最後の秋の佐藤さん」、卒業して新たな生活を送る二人を描いた「卒業後の話」にくわえ、新たに書き下ろした短編を収録。

一二三文庫

付喪神が言うことには
～文京本郷・つくも質店のつれづれ帖～

2021年2月5日　初版第一刷発行

著　者　　三沢 ケイ
発行人　　長谷川 洋
発行・発売　株式会社一二三書房
〒101-0003
東京都千代田区一ツ橋2-4-3 光文恒産ビル
03-3265-1881
http://www.hifumi.co.jp/books/
印刷所　　中央精版印刷株式会社

■乱丁・落丁本は、ご面倒ですが小社までご送付ください。送料小社負担にてお取り替え致します。但し、古書店で本書を購入されている場合はお取り替えできません。

■古書店で本書を購入されている場合はお取替えできません。

■本書の無断複製（コピー）は、著作権上の例外を除き、禁じられています。

■価格はカバーに表示されています。

©Kei Misawa Printed in japan
ISBN 978-4-89199-694-9